闇夜の鳥

栄次郎江戸暦30

小杉健治

時代小説

二見時代小説文庫

目次

闇夜の烏——栄次郎江戸暦30

『闇夜《やみよ》の烏《からす》――栄次郎江戸暦30』の主な登場人物

矢内栄次郎《やないえいじろう》……一橋治済《ひとつばしはるさだ》の庶子。三味線と共に市井《しせい》に生きんと望む、田宮《たみや》流居合術《りゅういあい》の達人。

崎田孫兵衛《さきたまごべえ》……妹と称して妾《めかけ》を囲っている南町奉行所の筆頭与力。

お秋《あき》……崎田孫兵衛の妾となり、浅草黒船町《あさくさくろふねちょう》に住む矢内家の元女中。

弥三郎《やさぶろう》……当麻《とうま》の弥三郎と呼ばれる盗人一味の頭《かしら》。錠前破りの名人。

由蔵《よしぞう》と勘助《かんすけ》……火盗改《かとうあらため》に隠れ家を急襲されるが、逃げ果《おお》せた弥三郎の手下。

庄蔵《しょうぞう》……「闇夜の烏」を名乗る何者かに匕首《あいくち》で刺されて殺された棒手振《ぼてふ》り。

矢内栄之進《えいのしん》……矢内家の家督を継いだ栄次郎の兄。御徒目付《おかちめつけ》を務める御家人。

新八《しんぱち》……豪商や旗本を狙う盗人だったが、足を洗い栄次郎の兄の密偵となる。

鏑木真一郎《かぶらぎしんいちろう》……当麻の弥三郎を捕まえた南町奉行所の定町廻り同心。

房吉《ふさきち》……鏑木が手札を与えている岡っ引き。

政吉《まさきち》……「闇夜の烏」に殺された、冬木町《ふゆきちょう》の十徳《じつとく》長屋に住んでいた行商人。

立花重吾《たちばなじゅうご》……弥三郎一味の隠れ家を急襲した火盗改の与力。南町に敵意を抱く。

益三《ますぞう》……霊岸島《れいがんじま》の大川端町《おおかわばたちょう》で「闇夜の烏」に殺された三人目の被害者。

巳之助《みのすけ》……本所一《ほんじよひと》つ目《め》で呑み屋を営む、新八の知り合いの火盗改の元密偵。

お園《その》……殺された庄蔵から逃げた女房。

第一章　奉行所脅迫

一

晩秋の日はさらに短くなったが、窓の外はまだ明るさが残っていた。

襖が開いて、お秋《あき》が顔を出した。

「栄次郎《えいじろう》さん。お稽古中にごめんなさい。旦那がお見えなの」

矢内《やない》栄次郎は撥《ばち》を持つ手を止めた。

「崎田《さきた》さまが？」

「ええ、栄次郎さんに相談があるそうなの」

ここは浅草黒船町《あさくさくろふねちょう》にあるお秋の家の二階である。この部屋は三味線《しゃみせん》の稽古用に借りている。

栄次郎は御家人の矢内家の部屋住《へやずみ》であるが、長唄の師匠杵屋吉右衛門《きねやきちえもん》の弟子で、吉栄《きちえい》という名をもらった三味線弾きでもあった。

栄次郎は涼しげな目、すっとした鼻筋に引き締まった口許。細面のりりしい顔立ちで、匂い立つような男の色気があるのも芸人だからだろう。

崎田孫兵衛《まごべえ》は南町の筆頭与力だ。世間には腹違いの兄妹と称しているが、実際はお秋は崎田孫兵衛の妾《めかけ》だ。

お秋は昔、矢内家に女中奉公していた女である。

「わかりました。すぐお伺いいたします」

栄次郎は答え、三味線を片づけた。

階下に行き、居間に入ると、崎田孫兵衛は長火鉢の前に座っていたが、いつもと様子が違った。

ここに来ると、すぐ浴衣《ゆかた》に着替えてくつろいだ姿になるのだが、今は巻羽織を着たままだ。表情も厳しい。

「崎田さま、何かあったのですか」

栄次郎はきいた。

「うむ」

孫兵衛は唸った。

「何か」

「奉行所に落とし文《ぶみ》があった」

「落とし文？」

「脅迫状だ」

「脅迫状ですって」

栄次郎は耳を疑った。

「これだ」

孫兵衛は文を寄越した。

栄次郎は受け取って、開いた。

……三日以内に、当麻《とうま》の弥三郎《やさぶろう》を解き放て。さもないと、どこかでひとが死ぬ。わかったら、暮六つ（午後六時）に、太田姫《おおたひめ》神社の賽銭箱の下に返事を置くように。闇《やみ》夜《よ》の烏《からす》。

「当麻の弥三郎とは？」

栄次郎はきいた。

「盗人の頭《かしら》だ。錠前破りの名人だ。半年前、南伝馬町《みなみてんまちよう》の商家に五人で忍び込み、土蔵を破って一千両を盗んだ。錠前を破り、家人が気づかぬうちに土蔵から金を盗んで行く。同じ手口の押込みが、その後、三件発生していた」

孫兵衛は息継ぎをして、

「先月、火付盗賊改《ひつけとうぞくあらため》が隠れ家を突き止めて急襲した。ところが、事前に察知したのか、火盗改《かとうあらため》が踏み込む前に頭の弥三郎ら三人が逃げ出し、火盗改は抵抗したふたりを斬り捨てた。だが、その後、我が南町の同心配下の岡っ引きが情婦のところに逃げ込んだ頭の弥三郎を捕らえた。一味五人のうち、いまだに逃げているのがふたりいる」

弥三郎は小伝馬町《こでんまちよう》の牢屋敷に送り込まれ、南町で吟味が行なわれている最中だという。

「逃げたふたりは弥三郎の自供によって、由蔵《よしぞう》と勘助《かんすけ》とわかった。問題は金だ」

「盗まれた金が回収出来ていないのですね」

「そうだ。弥三郎たちが盗んだ金は少なくとも二千両以上あった。隠れ家にあったのは一千両だった。つまり、由蔵と勘助が一千両を持って逃げたとされた」

「由蔵と勘助はいまだに逃げまわっているのですね」

「そうだ。そういうときに、この脅迫状だ」

「いたずらでは？」

「いや。残念ながら、いたずらではない」

孫兵衛は表情を曇らせた。

「なぜ、そうと言えるのですか」

「この脅迫状が届いたのは五日前だ」

「五日前？　すると、三日以内という期限は……」

「一昨日で切れた」

「まさか」

孫兵衛の苦しげな顔を見て、栄次郎ははっとした。

「昨夜、浅草阿部川町《あべかわちよう》に住む男が新堀川《しんぼりがわ》沿いで匕首《あいくち》で刺されて殺された。死体のそばに、黒い鳥が描かれた紙切れが置いてあった」

「なんと」

栄次郎は唖然とした。

「殺された男は庄蔵《しようぞう》といい、棒手振《ぼてふ》りだ。酒呑みで、博打《ばくち》好きだったようだが、ひとから恨みを買う人間ではなかった。目的のために、なんら罪のない男を殺したのだ。

鬼畜だ」

　孫兵衛は怒りを込めて吐き捨てた。

　すでに、脅迫ははじまっていたのだ。

「闇夜の烏は由蔵と勘助だと？」

「そうとしか考えられぬ」

　孫兵衛は腕組みをし、

「弥三郎に身内はいないようだ。他に弥三郎を助け出したいと思う者はいない」

　と、言い切った。

「由蔵と勘助は弥三郎を慕っていたのでしょうか。それほど、絆《きずな》が深いのか」

　栄次郎は首を傾げ、

「このような危険を冒してまで弥三郎を助けなければならないのでしょうか。一千両を持っているなら、ふたりで山分けしたほうがいいのでは。弥三郎がいれば分け前はぐっと減るでしょうに」

　と、疑問を口にした。

「そうだ。それで、ふたりは一千両を持っていないのではないかという考えも出来る」

「私はそのほうが大きいと思いますが」

栄次郎も自分の考えを述べた。

「一千両は弥三郎がどこかに隠してあるのでしょう。だから、由蔵と勘助は弥三郎を助け出したいのでしょう。つまり、一千両を手に入れるため」

「いずれにしろ、文にある闇夜の烏とは由蔵と勘助に間違いない」

「で、崎田さまは、これからどうなさるのですか。弥三郎を解き放つのですか」

栄次郎は迫るようにきく。

「断じてない」

孫兵衛は強調した。

「しかし、この脅迫状は本気ですね」

「そうだ。だから、頭を抱えている」

孫兵衛は憤然とした。

「崎田さま」

栄次郎は疑問に思って、

「なぜ、今の話を私に？」

と、きいた。

「うむ」

孫兵衛は頷き、

「これを」

と、新たな文を出した。

栄次郎は受け取って目を落とす。

……改めて忠告する。三日以内に当麻の弥三郎を解き放たなければ、またどこかでひとが死ぬ。返事は明日の暮六つに柳原《やなぎわら》の土手にある柳森《やなぎもり》神社の賽銭箱の下に。前回のように町方を配置していたら返事は受け取らぬ。拒絶したものとして、誰かを殺す。闇夜の烏。

「前回、太田姫神社では白紙の文を賽銭箱の下に置き、町方を配置して文を取りに来る者を捕まえようとした。だが、敵に見破られていたのだ。今度はもう町方を使えない。そこで、栄次郎どのに頼みがある」

「私に？」

「いや、そなたの知り合いに新八《しんぱち》という男がいたな」

「はい」

新八は大名屋敷や大身《たいしん》の旗本屋敷、そして豪商の屋敷などに忍び込むひとり働きの盗人だった。忍び込んだ屋敷の武士に追われた新八を助けたことが縁で、栄次郎と親しくなった。

今は盗人をやめ、御徒目付《おかち》である兄の手先として働いている。

「じつは新八の手を借りたいのだ」

孫兵衛は言ってから、

「新八に文を柳森神社まで持って行ってもらう」

「今度は文に返事を認《したた》めるのですか」

「そうだ。三日以内の解放は手続きからして難しい、十日間の猶予をもらいたいと。そして、こんな手紙のやりとりは、まどろこしくて誤解を招きかねない。そこで、町方に関係ない新八という男を介在してやりとりをしたいと。場合によっては新八と直《じか》に会って要求をするようにと」

「相手が呑みますか」

「わからぬが、一種の時間稼ぎの意味もある」

孫兵衛は言ってから、

「新八に柳森神社まで行ってもらいたいのだ。新八なら、怪しい者を見かけたら、それなりに対応出来るだろう。ともかく、新たな犠牲者を出したくない」

「わかりました」

「頼んだ」

栄次郎は二階の部屋に戻り、刀を手にしてお秋の家を出た。

辺りは暗くなっていた。新八は明神下《みょうじんした》にある長屋に住んでいる。帰っているか心配だったが、腰高障子を開けると、新八は部屋の真ん中で莨《たばこ》を吸っていた。

「よかった」

栄次郎は思わず口に出た。

「栄次郎さん。どうかなさいましたか」

「これからお出かけですか」

「ええ、ちょっと」

おそらく、女に会いに行くのかもしれない。所帯を持ちたいという女が出来たと聞いていた。

栄次郎もそのことでは応援しているので、その邪魔をしたくなかった。

「じゃあ、明日、また出直します」

「いえ、だいじょうぶですぜ。何か」

新八は煙管《きせる》を仕舞いながら言う。

「じつは、小伝馬町の牢屋敷に捕らえられている当麻の弥三郎を助け出そうと、闇夜の烏と名乗る者が……」

栄次郎は状況を話し、経緯を語った。

「なんとも残虐な奴らですね、闇夜の烏は……」

新八は不快そうに顔を歪めた。

「ええ、このままではふたり目の犠牲が出るかもしれない。そこで、崎田さまは時間稼ぎの意味もあって、闇夜の烏の返事に解き放つまでに十日間の猶予を頼むことと、今後のやりとりを仲介する役目を奉行所と関係ない者にやらせるつもりなのです」

「ひょっとして、文を届ける役目をあっしが？」

新八は察してきいた。

「ええ。崎田さまが新八さんに闇夜の烏との仲介を頼みたいと」

「なぜ、あっしが？」

新八は不思議そうにきいた。

「奉行所と関係ない者が間に立ったほうが、闇夜の烏は安心するかもしれないと。それより、指定の場所に文を届けたとき、予想外の事態が待ち受けている可能性がある。新八さんなら、どんな状況に置かれても対応出来るからと」

「そうですか。わかりました。やってみましょう」

新八ははっきり言った。

「引き受けていただけますか」

「闇夜の烏とかいう残虐な輩《やから》を見逃すわけにはいきません」

新八は力強く言った。

「では、明日の昼過ぎ、お秋さんの家に来ていただけますか」

「お伺いいたします」

新八は気負って口にした。

栄次郎はそのまま、浅草黒船町のお秋の家に戻り、孫兵衛に新八のことを伝えた。

翌日の朝に元鳥越町《もとどりごえちょう》の杵屋吉右衛門の家に寄り、三味線の稽古をつけてもらってからお秋の家に行った。

昼になって、新八がやって来た。

栄次郎が二階の部屋で新八と待っていると、お秋が階段を上がって来た。

襖を開け、

「栄次郎さん、旦那がいらっしゃいました」

と、声をかけた。

「すぐ、下りて行きます」

栄次郎は答えた。

「それには及ばぬ」

男の声がして、崎田孫兵衛が部屋に入って来た。その後ろに、三十過ぎと思える巻羽織に着流しの同心がついて来た。

孫兵衛は栄次郎と新八の前に腰を下ろし、

「この者は定町廻り同心の鏑木《かぶらぎ》真一郎《しんいちろう》だ。当麻の弥三郎を捕まえた同心だ」

と、紹介した。

「鏑木真一郎です」

鼻が高く鋭い顔だちだ。

「矢内栄次郎です。崎田さまにはお世話になっております。こちらが新八さんです」

栄次郎は鏑木に言った。

「よろしくお願いします」

鏑木は頭を下げたあと、

「せっかく捕まえた当麻の弥三郎を解き放つわけにはいきません。闇夜の烏と名乗る輩は何の関係もない男を巻き添えにした……」

と、激しい怒りを見せた。

「新八。よく引き受けてくれた」

孫兵衛が声をかけた。

「詳しいことは栄次郎どのから聞いたと思うが、これ以上の犠牲者は出したくない」

孫兵衛は厳しい表情で言い、

「さっそくだが、これが柳森神社の賽銭箱の下に置く文だ」

と、文を広げて差し出した。

新八は受け取って目を通した。

「わかりました」

当麻の弥三郎を解き放つ手続きに十日が必要であること、今後の連絡役に奉行所と関係ない新八という男が当たるという趣旨が記されていた。

「賽銭箱の下に置いたあと、すぐにその場を立ち去るのだ。どこかから、闇夜の烏が見ているかもしれない。神社から離れたと見せかけ、どこかに隠れ、文を取りに来た者のあとをつけてもらいたい」

孫兵衛は指図をした。

「わかりました」

新八は答える。

「前回、太田姫神社では、私も境内の植込みの中に隠れていたのですが、相手に感づかれていました」

鏑木が無念そうに言い、

「今夜は我らは一切柳森神社に近付かない。新八だけだ。賊がいつ現れるかわからないが、なんとしてでも賊のあとを」

と、拝むように言う。

よほど、前回の失敗が悔しかったのだろう。

「鏑木さん」

栄次郎は声をかけた。

「闇夜の烏は、当麻の弥三郎の手下だった由蔵と勘助という男に間違いないのですね」

「間違いないでしょう。弥三郎を助けようとする者がふたり以外にいるとは思えません」

鏑木は言い切り、

「弥三郎を捕らえたとき、そのふたりを逃《のが》したのは不覚でした」

と、唇を噛んだ。

「仕方がなかろう。弥三郎を捕まえただけでも上出来だ」

孫兵衛は鏑木をなぐさめた。

「弥三郎を捕まえたのはどういう状況だったのですか」

栄次郎はきいた。

「運がよかったのです」

鏑木は答え、

「火盗改が隠れ家を見つけ出し、そこを急襲するという知らせを受け、我らは遠巻きに警戒していました。すると、火盗改の急襲の寸前に、弥三郎と手下ふたりが逃げ出したのです。私は偶然に三人を見つけ、手札を与えている房吉《ふさきち》という岡っ引きと共にあとをつけて弥三郎が情婦の家に逃げ込んだのを見届けました。応援を頼む余裕がなかったので、ふたりで踏み込んで、弥三郎と情婦を捕まえました。だが、あとのふたりは逃しました」

と、経緯を説明した。

「そういうことでしたか」

栄次郎は頷き、

「そのふたりが由蔵と勘助ですね。ふたりの顔はわかっているのですか」

と、確かめた。

「顔を知っているのは私と房吉だけです。はっきり見たわけではありませんが、顔はわかると思います」

鏑木は答え、

「ともかく、今夜、お願いいたす。今夜、私は神田佐久間町《かんださくまちよう》の自身番で待機していま す」

と、新八に声をかけた。

二

茜色《あかね》に染まっていた空が見る見るうちに暗くなってきた。

栄次郎は柳森神社の裏手が見渡せる神田川の対岸の草むらに身を隠した。最初が太田姫神社、今夜が柳森神社。いずれも神田川沿いだ。

賊は船でやって来るのではないかと睨んだ。船はまだ姿を見せていない。

やがて、辺りは暗くなってきた。柳森神社の常夜灯の灯が輝いてきた。

神社の横で、小さな火の玉が光った。新八が火縄に火を灯し、栄次郎に合図を送ったのだ。

灯は消えた。新八が境内に入ったのだろう。

しばらくして暮六つの鐘が鳴り出した。新八は賽銭箱の下に文を置いたはず。船はまだやって来ない。

土手にひと影が浮かんだ。再び、火の玉が光った。新八だった。引き上げる合図を送ったのだ。

栄次郎の目にはひと影は見えない。

新八が和泉橋《いずみばし》を渡ってこっちにやって来た。

栄次郎は草むらから出た。

「文はちゃんと置いて来ました。誰かに見つめられているような感じはありません」

新八が言う。

「こっちから見ていてもひと影は新八さん以外、ありませんでした」

半刻（一時間）ほど、そこから見張っていたが、誰も通らなかった。川船が一艘下って行っただけだ。

ふたりは自身番に行った。

同心の鏑木と岡っ引きが待機していた。房吉だろう。三十過ぎ、細身で敏捷そうな体付きだ。小さな丸い目は絶えず動いていて、目端が利《き》きそうな男だ。

「文は置いて来ましたが、何も動きはありません」

新八が報告する。

「まだ、取りに来ていないようです」

栄次郎は言った。

「用心深い連中です」

鏑木は呟く。

それから、四半刻（三十分）後、

「行ってみましょう」

と、鏑木が立ち上がった。

栄次郎たちも鏑木のあとに続いた。

和泉橋を渡り、柳森神社に向かう。

鳥居の前で、鏑木が立ち止まった。

「房吉、文があるか見て来い」

「へい」

房吉は社殿に向かった。

賽銭箱の下を覗いていた房吉があわてて戻って来た。

「ありません」

房吉が言う。

「置いた場所が違うかもしれません」

新八は賽銭箱に向かった。

すぐに戻って来た。

「ありません」

新八は答えた。

「いったい、いつ……」

鏑木が憤然とした。

「私たちがここを離れたあとでしょうが、どうしてそれがわかったのか」

栄次郎も疑問を口にした。

「まさか」

鏑木が社務所の灯に目を向けた。

「待っててください。念のためにきいてきます」

鏑木と房吉は社務所に行った。

しばらくして戻って来た。

「社務所に怪しいところはありませんでした」

鏑木が言った。

「いずれにしろ、こっちの返事は向こうに届いた。今度はなんと言ってくるか待つしかない」

鏑木は沈んだ声で呟き、

「矢内どの、新八。今夜はこれで。また、闇夜の烏から返事がきたら、知らせに行く」

と、言った。

「わかりました」

栄次郎と新八は鏑木らと別れ、筋違橋《すじかいばし》を渡って明神下までやって来た。

「栄次郎さん。ともかく、明日の昼頃にお秋さんの家に行ってみます」

新八は言い、長屋に帰って行った。


栄次郎は本郷《ほんごう》通りを急いで、本郷の屋敷に帰った。

矢内家の当主は兄栄之進《えいのしん》で、御徒目付である。

御徒目付は城内での宿直《とのい》や大名が登城するときの玄関の取締りなどを行なうが、御目付の下で旗本以下の監察を行なう。

兄はまだ帰宅していなかった。

自分の部屋に入ったとき、

「栄次郎」

と、襖の向こうで母が呼んだ。

「どうぞ」

「ちょっときたいことがあります。仏間で待っていますから」

「わかりました」

栄次郎は気になりながら着替え、仏間に行った。

母は灯明を上げて仏壇に手を合わせていた。

栄次郎も仏壇に手を合わせた。

位牌がふたつ。ひとつは父の、もうひとつは兄嫁のものだ。

しかし、実の父親ではない。栄次郎は大御所治済《おおごしょはるさだ》の子であった。

治済がまだ一橋《ひとつばし》家当主だった頃に、旅芸人の女に産ませた子が栄次郎だった。そのとき、治済の近習番を務めていたのが矢内の父で、栄次郎は矢内家に引き取られ、矢内栄次郎として育てられた。

仏壇から離れ、母と向かい合った。

母は厳格なひとで、栄次郎が三味線を弾いていることに眉をひそめている。

「私に何か隠していることはありませんか」

いきなり母が切り出した。

「隠していることですか。いえ、何も」

なんのことかと、栄次郎は狼狽した。

隠していることはいくつかある。三味線弾きとしてときたま舞台に上がっていることが、その最たるものだ。また、母が持ってくる縁談に耳を貸さないのも三味線弾きとしてやっていけなくなることを恐れてだ。部屋住の栄次郎は当然、婿養子として相手の屋敷に入ることになる。婿が三味線弾きになることを許すはずがない。

「さる旗本のご息女と親しいおつきあいをなさっていると……」

あっと、栄次郎は思った。

三千石の旗本岩城主水介《いわきもんどのすけ》の息女若菜《わかな》のことだ。

「いえ、それは……」

「なぜ、そのことを母に隠していたのですか」

「母上、誤解です」

栄次郎は弁明をはじめる。

「旗本のご息女に思いを寄せる殿方がいるそうです。でも、そのご息女は気が進まないようで、すでに約束を取り交わした男がいるとして……」

栄次郎は必死に弁明をした。

「どういう経緯で、そのご息女と知り合われたのですか」

「それは……」

栄次郎は言いよどんだ。

ある大名家の後継問題に関わった縁で、若菜と出会ったのだ。

「どうしました？」

「話せば長くなりますので。でも、母上。そのご息女とはそういう関係ではありませんので」

「栄次郎、汗をかいていませんか」

「いえ」

「そうですか。でも、妙ですね」

「何がでしょうか」

「旗本のご息女がなぜ、御家人の部屋住の栄次郎をだしに使うのですか。相手の殿方も旗本のはず」

「それは……」

「まあ、今夜は遅いし、いいでしょう。でも、いずれちゃんとお話ししてもらいます」

「わかりました」

栄次郎はほっとした。

栄次郎が大御所の子であるから、相手が旗本でも太刀打ち出来るのだ。

若菜の言葉が蘇《よみがえ》る。

「御家人の矢内家の部屋住だと自分で言い張っても、だめです。あなたさまはどこまでいっても大御所の子であられるのです」

自分は関係ないと思っても、周囲はそういう目で見るのだと、若菜に言われた。どこまでいっても大御所の子であることから逃れられない。

だったら、それをうまく利用してもいいのではないかと、栄次郎は思うようになった。

若菜はこれまで自分が知っている女子とどこか違った。はっきり自分の意見を言う若菜は、栄次郎にとって新鮮だった。

夜遅く、兄栄之進が帰って来た。

兄が着替え終えて落ち着いた頃を見計らって、兄の部屋に行った。

「どうした?」

「母上から、岩城さまのご息女のことをきかれました。今度、詳しく説明しろと」

「そうか。わしからうまく話しておこう。もともとは、わしがそなたに持ち掛けたことだからな」

兄は上役から命じられたに過ぎない。どのように説明するかは兄に任せることにした。

「それから、南町の崎田孫兵衛さまから頼まれて、新八さんにお願いしていることがあります。兄上に相談なく、勝手にすみません」

「いや、構わぬ」

栄次郎は闇夜の烏のことを話した。

「なんと卑劣な輩だ。なんの罪もない者を……」

兄は憤《いきどお》った。

「また、進展があったらお知らせします」

夜も更けてきたので、栄次郎は自分の部屋に引き上げた。

翌日の昼前に、鏑木と房吉がお秋の家にやって来た。

栄次郎は新八と共に、ふたりと向かい合った。

「闇夜の烏から何か言ってきましたか」

栄次郎はきいた。

「今朝、奉行所の門の下に置いてありました」

そう言い、鏑木は文を差し出した。

……十日の猶予は呑む。ただし、今回も約束を破ったことに変わりはない。よって、ひとり犠牲になってもらう。闇夜の烏。

「なんと」

栄次郎は思わず声を上げた。

「ひどい奴らだ」

新八も憤然とした。

「どこで誰を狙うのかわからないので手の打ちようがないのです。ともかく、各自身番には殺人鬼に用心をするように通達はしてあります。夜のひとり歩きは注意をするようにと町内に伝えてもらいました」

打つ手は打ったと、鏑木は言う。

「なにしろ、誰彼《だれかれ》構わずですからね」

房吉が口許を歪めた。

「闇夜の烏の要求は伏せているのですね」

栄次郎は確かめる。

「脅迫状のことは秘密にしてあります。脅迫状のようにひとが殺されたら、当麻の弥三郎を解き放てという町の声が高まり、奉行所に非難が集まるかもしれませんからね」

鏑木は答え、

「なんとしてでも、新たな犠牲者は出してはならない」

と、息張った。

しかし、鏑木の思いは通じなかった。

その夜、五つ（午後八時）頃、建前《たてまえ》の帰りの大工が小名木川《おなぎがわ》にかかる高橋《たかばし》の近くで、男の死体を見つけた。大工は北森下町《きたもりしたちょう》の長屋に帰るところだった。

そのことを栄次郎が聞いたのは翌日の昼過ぎだった。

お秋の家に鏑木がやって来て、悔しそうに言った。

「殺されたのは冬木町《ふゆきちょう》の十徳《じっとく》長屋に住む政吉《まさきち》という男です。政吉は小間物《こまもの》の行商をしていたそうです」

「闇夜の烏の仕業《しわざ》ですか」

栄次郎はきいた。

「ええ、黒い烏が描かれた紙切れが置いてありました。阿部川町に住む庄蔵の死体のそばにあったものと同じです」

「政吉と庄蔵はまったく関わりがないのですね」

「接点はまったくありません。ただ、政吉は小間物屋ですから阿部川町のほうにも足を延ばしていることも考えられますが、ふたりに繋がりはないと思います」

鏑木は答えた。

「目撃者もいないのですね」

「ええ。いません」

鏑木は深刻な顔で、

「闇夜の烏は、十日の猶予を認めながら、約束を破ったということでふたり目を殺しました。十日の猶予もふつか経ってしまいました。残り八日のうちに、闇夜の烏を見つけ出さないと」

「当麻の弥三郎にきけば、由蔵と勘助が隠れ潜んでいる場所の手掛かりが摑めるのではありませんか」

「そうですが……」

鏑木は眉根を寄せた。

「それより、弥三郎は一千両について何と言っているのですか」

「何も」

「罪一等の減刑を条件に弥三郎を解き放ち、由蔵と勘助の捕縛に協力させることは出来ないのですか」

「それが出来たらいいのですが」

鏑木はどこか歯切れが悪い。

「鏑木さん。何か言えないことでも?」

栄次郎はたまらずきき返した。

鏑木は大きくため息をついて、

「じつは弥三郎は病《やまい》で倒れ、今浅草の溜《ため》に移されているのです」

と、打ち明けた。

溜は牢内で重病になった囚人が療養する場所だ。

「重病なのですか」

「牢内で倒れ、今も寝たきりで、口もきけない状態です」

鏑木は眉根を寄せた。

「なぜ、そのことを黙っていたのですか」

「由蔵と勘助の耳に入ったら、どうなるか。もろもろ考え、伏せておくことになったのです」

「弥三郎はまだ四十代ですよね」

「ええ。でも、持病があったようで」

「そんな重病になるなんて……」

栄次郎ははっとし、

「もしや……」

と言いかけたが、口を止めた。

鏑木は、栄次郎が何を言おうとしたか察したようだ。

「そうです。拷問の影響だと思います。逃げたふたりのことや盗んだ金のことを聞き出そうとして拷問にかけた。その夜、牢内で倒れたそうです」

それで、病を伏せていたのだ。

「弥三郎は問いかけにも応じられないのですか」

「だめです」

「では、十日後、いえあと八日経ったらどうするつもりですか」

「そのときには弥三郎が重病だと文に認めるしかないです」

鏑木は苦しそうに言う。

「信じるでしょうか。弥三郎を解き放たないための言い訳と受け止められてしまうのではありませんか」

栄次郎は危惧した。

「最初から病だと伝えておけばよかったのですが」

「早く伝えたほうがいいのではありませんか。今度、向こうが何か言ってきたら、知らせるべきでは？」

「そのことを知らせた時点で、新たな犠牲者が出るでしょう」

鏑木はやりきれないように言う。

「いずれにしても、あと八日したら同じことになります」

「弥三郎が口もきけないとわかったら、闇夜の烏は目的を失うことになります。そしたら、もう危険を冒してまで脅迫状を送る意味がなくなります」

「病を信用すればの話ですが」

「信用させるためには溜に行かせればいいでしょうが、我らが待ち伏せているかもしれないのに、おいそれと確かめには行かないでしょうし」

鏑木は首を傾げたが、

「いずれにしろ、なんらかの方法で、信用させるしかありません」

と、自分に言いきかせるように言った。

「まさか、弥三郎が重病だったとは思いもよりませんでした」

栄次郎は戸惑いながら言う。

「ともかく、今後の対応を崎田さまと相談してみます」

「一度、弥三郎に会ってみたいのですが」

「わかりました。手続きをとってみます」

鏑木は厳しい顔付きで引き上げて行った。

新たな犠牲者を出してはならないと、栄次郎は下腹に力を込めた。

三

翌日の昼過ぎ、栄次郎は鏑木とともに浅草の溜に行った。

浅草寺《せんそうじ》の時の鐘の裏手、日本堤《にほんづつみ》のそばの田町《たまち》二丁目に向かう途中に溜はある。周囲は田地で、すぐ近くに吉原《よしわら》遊廓が見えた。

鏑木が溜の医者に訪いを告げ、奥の薄暗い部屋に行った。大勢が寝かされている広い部屋の隣の部屋に、重病の者が集められていた。

助手が隅に寝ている患者のそばに行き、

「弥三郎です」

と、教えた。

頬がこけ、半開きの口から涎《よだれ》が垂れていた。

「意識はまったくないのですか」

栄次郎は助手の男にきいた。

「ときたま、呼びかけに反応を見せますが、それ以上のことは……」

助手は首を横に振った。

栄次郎は顔を覗き込み、

「弥三郎さん」

と、声をかけた。

瞼《まぶた》が微《かす》かに動いた。だが、それ以上の変化はない。

「もってあとどのくらいか」

鏑木がきいた。

「ひと月はもたないと先生は仰《おつしや》っています」

助手は低い声で答え、

「では、向こうにおりますので、何かあったらお声を」

と言い、下がった。

栄次郎の目にも、死期が迫っていることがわかった。つい先月まで押込みの頭として動きまわっていた男がこのような衰弱した姿になっていたことに、栄次郎は胸が詰まった。

持病があったかもしれないが、やはり拷問が影響しているように思える。

「弥三郎は死罪になる前に倒れたのです。ある意味、ふとんの上で死んでいけるのですから、弥三郎にとってはよかったのかもしれません」

鏑木は冷静に言う。

「弥三郎がこんな状態なのに、解き放てと脅迫してくるなんて」

栄次郎はやりきれないように言う。

「由蔵と勘助は、こんな弥三郎の姿を知る由もありません。知っていたら、あんな脅迫などするはずありませんからね」

鏑木は続けて、

「いかに、ふたりにこの状態を信じてもらうか」

と、首をひねった。

「崎田さまと相談なさったのですか」

「ええ、今度、闇夜の烏から文が届いたら、返事に弥三郎のことを正直に認《したた》めることにしました」

鏑木は口にしたあと、

「ただ、必ず、見せしめに誰かを殺すでしょう」

と、表情を暗くした。

「不謹慎なようですが」

鏑木はためらいがちに、

「弥三郎の病状を知れば脅迫の意味がなくなります。もう殺しを続ける必要もなくなります。最悪でも、あとひとりの犠牲で殺しは止むでしょう」

鏑木はあとひとりの犠牲は止むを得ないと言っているようだった。

「鏑木さん、これ以上、犠牲者を出してはいけません。由蔵と勘助の居所を見つける手立てはほんとうにないのでしょうか」

栄次郎はきいた。

「ありません。弥三郎は口がきけないし、他の手下ふたりは火盗改にすでに殺されています」

「それでも何か」

栄次郎は弥三郎を見つめながら、

「弥三郎の情婦はどうしているのですか」

と、きいた。

「確か、弥三郎といっしょに情婦も捕まえたのですよね」

「ええ、情婦からは何も得られませんでした」

鏑木は首を横に振った。

「何も喋らないのですか」

「いえ、逆です。なんでも喋ってくれました。自分の罪を少しでも軽くしようとしてべらべらと。でも、由蔵と勘助のことはよく知らないようでした」

「隠しているわけではなく？」

「いえ、あの女は身勝手で、他人のために自分を犠牲にするようなことはしません。弥三郎に脅されて情婦にされただけだと言い逃れていました。だから、金の在り処も教えてもらっていないと」

「そうですか。今、小伝馬町の女牢にいるのですね」

「ええ。しおらしくしています。自分も弥三郎たちの犠牲者だと言い張ってました」

鏑木は呆れたように言い、

「ですから、情婦からは何の手掛かりも得られません」

と、残念そうに言った。

「情婦を牢から連れ出すことは出来ませんか」

栄次郎は思いついて口にした。

「どうするのですか」

「情婦に弥三郎の病状を由蔵と勘助に話してもらうのです。情婦が言えば、信用するでしょう」

「さあ、どこまで効果があるか」

鏑木は疑問を呈した。

「由蔵と勘助が情婦を信用しているかどうか。でも、やってみる価値はありそうですね」

「ええ。それに、情婦を闇夜の烏の連中と引き合わせる。そこに付け入る好機が期待出来ませんか」

「なるほど。さっそく手を打ってみましょう」

鏑木が応じた。


お秋の家に戻ると、新八が来ていた。

「待たせていただきました」

新八が頭を下げた。

「すみません。浅草の溜に行ってきました」

「溜？　囚人の療養所ですか」

新八は不思議そうにきいた。

「溜に当麻の弥三郎が入っているのです」

「弥三郎が？」

栄次郎は、弥三郎が牢内で倒れたという話をした。

「じゃあ、闇夜の烏の要求には……」

「ええ。応えられません」

それから、栄次郎は闇夜の烏に弥三郎の病を信じてもらうために、情婦を利用することになったと話した。

「闇夜の烏が、由蔵と勘助だというのは間違いないのでしょうか」

新八が確かめるようにきいた。

「弥三郎を助け出そうとする者はふたりしか考えられないということです」

栄次郎は答えた。

「今は闇夜の烏からの文待ちですね」

新八はきいた。

「ええ、あと七日間、闇夜の烏がのほほんと待っているとは思えません。近々、何か言ってくるはずです。そしたら、すぐお報せしますから、それまで新八さんはご自身の用を足してください」

「わかりました。でも、こっちから何も出来ないのが悔しいですね」

「ええ。当麻の弥三郎一味のことは何もわかっていないのですから」

そこまで言ったとき、栄次郎はあることに思いが向いた。

もともと、当麻の弥三郎一味を追っていたのは火盗改だ。火盗改は何かもっと摑んでいるのではないか。

「火盗改から話を聞いてみたいですね」

栄次郎はその気になった。

「でも、当然、奉行所は火盗改からも話を聞いているでしょうね。やはり、手掛かりが得られなかったのでは」

新八がきいた。

「そうですね。でも、何か見落としていることがあるかもしれません」

鏑木に、火盗改の与力を紹介してもらおうと思ったとき、これまで鏑木から火盗改について言及がなかったことが気になった。

もともと、火盗改が当麻の弥三郎一味を追っていて、隠れ家を突き止めたのだ。しかし、当麻の弥三郎を捕まえたのは南町の鏑木だ。

火盗改にしたら、鳶《とんび》に油揚げを攫われた格好だ。両者の関係はうまくいっていないのではないか。

栄次郎はそのことを口にした。

「そう言われればそうですね。鏑木さんももっと火盗改に協力を仰いだほうがいいのに火盗改のことに触れませんね」

新八も気にした。

ひとの命がかかっているのだ。両者がいがみ合っている場合ではない。

「栄次郎さん、当麻の弥三郎一味を追っていた火盗改の与力がどなたか調べてみましょうか」

「調べられますか」

「ええ、火盗改の密偵をしていたという男を知っています。その男から火盗改の与力か同心を紹介してもらいます」

「ぜひ。どうも鏑木さんには言わないほうがいいような気がします」

「わかりました。さっそく」

新八は立ち上がり、部屋を出て行った。


その夜、お秋の家に孫兵衛がやって来た。

浴衣に着替え、くつろいだ姿になっているが、表情は険しかった。やはり、闇夜の烏の件が孫兵衛に屈託を与えているのだ。

栄次郎は長火鉢の前に座っている孫兵衛に、

「崎田さま。今日、鏑木さんと浅草の溜に行き、当麻の弥三郎に会って来ました」

と、切り出した。

「そうか。弥三郎はもう解き放ちなど出来ない体になっていただろう」

孫兵衛は言う。

「なぜ、闇夜の烏の脅迫状を受け取ったとき、そのことを返事に認めなかったのですか」

栄次郎はきいた。

「そんな脅しには屈しないという態度を見せるためだ。まさか、本気でひとを殺すとは思わなかった」

太田姫神社で賽銭箱の下に置いた文を取りに来る輩を捕まえようとしたが、町方が包囲していることに気づかれていた。

そこで、ひとりの犠牲者を出してしまったが、問題はふたり目だ。そこで、返事では病には触れず、解き放つまで十日の猶予を要求した。

「なぜ、無理なことをわかっていながら、あのような返事を？」

栄次郎は鏑木にきいたのと同じことをきいた。

「重病だと、信じまい。罠だと考えるに違いないと思い込んでいた。だから、あえて触れなかった。それに、十日あれば、闇夜の烏を捕まえられると思ったのだ。まさか、こんなに手ごわいとは思っていなかった」

孫兵衛は苦《にが》い顔で言い、

「今度、闇夜の烏から文が届いたら、返事に弥三郎のことを正直に認めることにした」

　と、付け加えた。

「どうやって、信じさせるおつもりですか。やはり、相手は罠だと考えるのでは？」

「鏑木の進言もあり、弥三郎の情婦を使うことにした。情婦を牢屋敷から連れ出し、闇夜の烏と引き合わせ、弥三郎が重病だと伝えさせる」

「わかりました」

　栄次郎は頷き、

「ところで、火盗改は今回の脅迫状についてどう言っているのでしょうか」

　と、きいた。

「いや、何も」

「何も？　この件は火盗改も知っているのですよね」

「こっちが相談に行ったときに、脅迫状の件を話した。だが、由蔵と勘助のことはまったくわからないと言われた」

　孫兵衛は冷笑を浮かべ、

「南町に当麻の弥三郎を持って行かれたことで、かなり頭にきているようだ。なにしろ、一味の隠れ家を探り出したのは火盗改だからな。こっちはおこぼれをいただいたようなものだ」

「つまり、火盗改の協力は得られなかったということですか」

「手を貸すつもりはないのだ。もっとも、ほんとうに由蔵と勘助のことは知らないようだし、協力を得ても仕方なかったはずだ」

孫兵衛は顔をしかめ、

「ともかく、今回の件は弥三郎を捕まえた南町が対処するしかないのだ」

と、大きくため息をついた。

「由蔵と勘助は一味の中では一番若かったのですね」

「そうだ。ふたりとも二十代だ。火盗改が斬ったふたりは、兄貴分の男と軽業師《かるわざし》上がりの男だったそうだ。いくら歯向かって来たからといって、火盗改がこのふたりを殺さずに取り押さえていてくれたら、由蔵と勘助について手掛かりを得られたかもしれない」

孫兵衛は火盗改を批判した。

「ちなみに隠れ家を急襲したのは火盗改のどなたでしょうか」

「立花重吾《たちばなじゅうご》という与力だ。この男が南町に対して敵意を抱いているようだ」

「いろいろ難しいものですね」

栄次郎は困惑した。

「今頃、火盗改の連中は南町を嘲笑っていることだろうよ」

孫兵衛は忌ま忌ましげに言う。

これでは火盗改の与力に会っても何も期待出来そうになかった。

「旦那。もう仕事の話はやめにして、お酒にしませんか」

お秋が口をはさんだ。

「うむ、そうしよう」

「栄次郎さんもいただくでしょう？」

「いえ、今夜は兄と約束があって」

栄次郎は口実を言う。

「そうか。それは残念だ」

孫兵衛はがっかりしたように言う。

「闇夜の烏の件が解決したら、崎田さまとゆっくり酌《く》み交わしたいと思います」

「そうだな」

「では、失礼いたします」

栄次郎は孫兵衛の前から下がった。

お秋の家を出た栄次郎は三味線堀に差しかかったとき、思いついて神田川のほうに向かった。

向柳原《むこう》を通って神田川に出ると、新シ橋《あたらばし》の手前を右に和泉橋のほうに向かった。

川船がゆっくり下って来た。和泉橋の袂《たもと》に来て、橋を渡り、柳原の土手を筋違橋のほうに曲がる。

四

その途中に、柳森神社がある。栄次郎は鳥居をくぐった。社殿に向かい、賽銭箱の前に立った。

あの夜、新八は文を賽銭箱の下に置いた。

そして、この場でしばらく佇み、それからここを離れた。そのとき、対岸にいる栄次郎に火縄の火で合図を送った。

栄次郎は踵《きびす》を返し、来た道を戻り、和泉橋を渡った。そして、対岸に柳森神社が見えるところに向かった。

草むらに入り、柳森神社の裏手を見る。

あの夜は怪しい船も通らなかった。神社の近くにひと影はなかった。栄次郎はやって来た新八とともに見張っていたが、なんら不審なことは起きなかった。

半刻（一時間）後、神田佐久間町の自身番に行き、鏑木と岡っ引きの房吉と合流した。そして、四半刻（三十分）後に柳森神社に戻った。

そのとき、すでに賽銭箱の下に文はなかった。

栄次郎と新八が自身番に移動した間に、闇夜の烏の仲間が現れ、賽銭箱の下から文を持って行ったのだ。

対岸の柳森神社を見つめながら、栄次郎は考えた。

闇夜の烏が見張りがいなくなったときに現れたのは偶然だったのか。用心深い闇夜の烏が偶然を頼るとは思えない。

やはり、あのとき、どこかから栄次郎たちを見張っていたのだ。こっちが気がつかない隠れ場所があったとしか考えられない。

社務所は鏑木が調べた。船かと思ったが、怪しい船は通らなかった。どこか見落としがある。しかし、栄次郎は気づかなかった。

草むらから出て、本郷通りに向かう。途中、明神下の新八の長屋に寄ったが、新八はまだ帰っていなかった。

栄次郎は本郷通りを使って本郷に向かった。

翌日、早暁前に起きて栄次郎は刀を持って庭に出た。薪小屋の横にある枝垂れ柳《しだやなぎ》のそばで、素振りをするのが日課だった。

田宮流居合術《たみやりゅういあいじゅつ》の道場で二十歳を過ぎた頃には師範にも勝る技量を身につけていた。三味線を弾くようになってからも、剣の精進は怠らなかった。

自然体で立ち、柳の木を見つめる。栄次郎は深呼吸をし、心気を整えた。

栄次郎は居合腰になって膝を曲げながら左手で鯉口《こいぐち》を切り、右手を柄《つか》にかけ、右足を踏み込んで伸び上がるようにして抜刀する。

小枝の寸前で切っ先を止める。さっと刀を引き、頭上で刀をまわして鞘に納める。再び、自然体で立つ。同じことを何度も繰り返す。

半刻（一時間）後、栄次郎は素振りを終え、井戸端に行き、体を拭く。諸肌を脱いだ栄次郎の体は、外見からはわからないたくましい筋肉で引き締まっている。

女中の給仕で、兄といっしょに朝飯をとる。栄次郎は相変わらずの大食いだ。

「あとで、わしの部屋に」

食後に、兄が言った。

それから、ほどなく、栄次郎は兄の部屋に行った。

「当麻の弥三郎の拷問に立ち会った朋輩から聞いたのだが、弥三郎はその後牢内で倒れ、溜に運ばれたそうではないか」

差し向かいになって、兄が口にした。

兄には、闇夜の烏のことは話してある。

「はい。私も知りませんでした」

「弥三郎は肝心なことを何も喋ろうとせず、拷問にかけられたようだが、拷問にも自白しなかったそうだ」

拷問は奉行所から吟味与力が出張って牢屋敷で行なわれる。この際、拷問に行き過ぎはないかなどの監察のために御徒目付が立ち会う。

「闇夜の烏は弥三郎を解き放つまで殺しを続けると脅していることであったが、肝心の弥三郎がそんな状態だということを、闇夜の烏に伝えていなかったのだな」

「拷問が影響しているというので、なかなか言い出しづらかったようですが、相手を甘く見ていたことも事実です。弥三郎を餌に、闇夜の烏を誘《おび》き出せると思ったのでしょう。でも、闇夜の烏は情け容赦なく脅迫状のとおり行動していることで、南町もようやく事態を重く受け取ったようです」

「弥三郎の病を知らせるということか」

「そうです」

栄次郎はさらに、

「問題は、闇夜の烏が信じるかどうか、罠だと思うか」

と、疑念を口にした。

「なかなか信じまい」

「兄上は火盗改の与力どのをご存じですか」

「火盗改の頭は古川大蔵《ふるかわたいぞう》さまだな。いや、古川さまの配下の方との面識はない。火盗改が何か」

「当麻の弥三郎を南町が捕縛したことで、火盗改と南町の関係がぎくしゃくしているようです。両者が協力して闇夜の烏に当たれば、また違った展開が期待出来ると思ったのですが……」

栄次郎は嘆くように言った。

昼過ぎ、お秋の家に、鏑木がやって来た。

「闇夜の烏から文が届きました」

そう言い、鏑木は差し出した。

……弥三郎の解き放ちまで、あと六日。六日後の夕七つ（午後四時）、弥三郎を船に乗せて蔵前《くらまえ》の首尾の松で待て。返事は暮六つに茅町《かやちょう》一丁目の第六天神社《だいろくてんじんしゃ》の賽銭箱の下。闇夜の烏。

「六日後のことを、今指定してきたのですね」

栄次郎は不思議に思った。

「たぶん、惑わしではないでしょうか。注意を首尾の松に集め、当日に別の場所を指定してくるのでは」

「なるほど」

栄次郎は納得した。

「今度は第六天神社、だんだん大川《おおかわ》のほうに下がっている」

大川のそばの柳橋《やなぎばし》の近くだ。

「なぜ、毎回場所を変えるのでしょうか。二度同じ場所を続けると、我らの動きを見抜いたからくりがわかってしまうのでしょうか」

栄次郎は首を傾げた。

「そうかもしれませんね」

鏑木は応じた。

「で、今度の返事は？」

「弥三郎が溜にいることを記します。相手が信じるかどうかわかりませんが……」

「弥三郎は引き渡さないというように、闇夜の烏は解釈しそうですね」

「ともかく、これしか方法はありません」

「そうですね」

「また、新八に頼もうと思います」

「じきにここにやって来ます」

噂をしていると、新八がやって来た。

「新八さん、闇夜の烏から文が届きました」

栄次郎は口にした。

「来ましたか」

「これだ」

鏑木は新八に見せた。

「今度は第六天神社ですか」

新八は呟く。

「また、頼む」

鏑木が言う。

「わかりました」

新八は応じる。

「返事の文は夕方、落ち合ったときに渡す。弥三郎が重病で溜にいるという内容だ」

「今夜こそ、手掛かりを」

新八は意気込んだ。

「我らは茅町の自身番で待ちます。神社の近くに町方は配置しません」

鏑木は言った。

「では」

今夜の段取りをつけて、鏑木は引き上げた。

「また、闇夜の烏に出し抜かれそうな気がしてなりません」

さっきの意気込みとは異なり、新八は不安を漏らす。

栄次郎も何も言えなかった。

暮六つ（午後六時）前、栄次郎と新八は浅草橋で、鏑木と房吉に会った。

「文はこれだ」

鏑木は新八に渡した。

昼間、鏑木が言ったとおりの内容だった。

「では、頼んだ」

鏑木と房吉は茅町の自身番に行き、栄次郎と新八は第六天神社に向かった。

もうどこかから闇夜の烏がこっちの動きを見張っているかもしれない。

第六天神社の前で新八と別れ、栄次郎はそのまままっすぐ大川の近くまで行った。

そして、料理屋の塀の暗がりに身を潜めた。

新八は文を置いたあと、第六天神社の裏手の通りを見張ることになっていた。

半刻（一時間）近く経って、新八がやって来た。

「誰も現れません」

新八が言う。

「やはり、見透かされているようです」

栄次郎は言い、自身番に向かった。

鏑木と房吉が待っていた。

「来ません」

栄次郎が答える。

「房吉。賽銭箱の下を見て来てくれ」

鏑木が命じた。

「へい」

房吉は自身番を出て行った。

ほどなく帰って来た。

「まだ、ありました」

「この前と同じだ」

鏑木は言う。

四半刻（三十分）経って、

「行ってみましょう」

と、鏑木が立ち上がった。

第六天神社に急いだ。

境内に入り、今度は新八が賽銭箱の下を見に行った。

「ありません」

新八が唖然として言った。

「やはり、こっちの動きを見られているようですね」

栄次郎は拳を握りしめた。

ふと、鏑木は提灯《ちょうちん》を持ち、社殿の床下を照らした。まさかと思いながら、栄次郎も覗き込む。

莚《むしろ》が敷いてあって、ひとがいたような形跡があった。

「ここに一味の者が？」

新八が信じられないように言う。

「しかし、いつここから出たのでしょう」

栄次郎は首を傾げた。

「ともかく、明日の連絡待ちです」

鏑木は厳しい顔で言った。

翌日の昼前、お秋の家に鏑木と房吉がやって来た。

鏑木は二階の部屋に入るなり、

「来ました」

と、闇夜の烏からの文を見せた。

……約束を破った。新たな犠牲者も止むなし。新たな要求をする。闇夜の烏。

栄次郎はその文面を睨みつけた。

約束を破ったというのは、弥三郎を解き放つつもりはないと解釈したのだ。弥三郎が重病だというのは、やはり口実だと思ったのだろう。

新たな犠牲者も止むなし。これは当然予想出来た。過去の二例からして、殺しを実行するだろう。おそらく、今夜だろう。だが、どこで、誰を狙うか、まったく予想がつかないのだ。

問題は、最後の新たな要求をするということだ。弥三郎の件ではないとすると、他に何があるのか。

「今夜、どこかで誰かが殺されますぜ」

房吉が呟くように言う。

「奴らは狂っている」

すでに来ていた新八が吐き捨てた。

「最初とふたり目の犠牲者には共通点はないのですね」

栄次郎はきく。

「ありません。あるとすれば男であることぐらい。ふたりにまったく接点は見出せませんでした」

鏑木が言う。

「適当に、殺しやすい相手を選んでいるんですよ」

房吉が言う。

栄次郎は焦って言う。

「何か打つ手はありませんか」

「ありません」

鏑木は首を横に振った。

「火盗改はどうなんですか」

栄次郎はきいた。

「どうとは?」

鏑木がきき返す。

「火盗改は当麻の弥三郎を追っていたのですね。一味のこともある程度、調べ上げているのではありませんか。由蔵と勘助についても……」

「いえ」

鏑木は首を横に振り、

「火盗改は弥三郎やふたりの兄貴分の男については調べていたが、下っ端の由蔵と勘助については何も摑めていなかった。だから、ふたりについては何もわからない」

と、突き放すように言った。

「火盗改は、自分たちが隠れ家を突き止めたのに、南町が弥三郎を捕まえたことで、面白くないんじゃありませんか」

栄次郎はそのことに触れた。

「確かに、火盗改にしたら面白くないでしょう。しかし、隠れ家を突き止めたといっても、事前にばれて、弥三郎らに逃げられてしまったんです。それは火盗改の失態。我らが弥三郎を捕まえたことで嫉妬混じりに何か言っているようですが、もし我らが捕まえなければ火盗改に非難が集まったはず。我らを恨むより、感謝すべきなんです」

鏑木は言い切った。

おそらく、どちらにも言い分があるのだろう。

「闇夜の烏の件について言えば、火盗改の手を借りても、たいして変わりはなかったでしょう」

鏑木は冷めた声で言った。

ひとの命がかかっている。つまらないわだかまりを捨てて、協力して闇夜の烏に立ち向かえばという栄次郎の思いは届きそうになかった。

「たとえ第三の犠牲者が出たとしても、弥三郎の重病を知ったからには闇夜の烏の要求は意味をなさなくなると仰っていましたが、ここに新たな要求とありますね」

栄次郎は気にした。

「はったりですよ」

「はったり？」

「ええ、自分たちの要求が通らないことがはっきりしたので、最後に脅しの意味でこんなことを言ったのではないですか」

「そうですね」

鏑木の言い分もわかるが、万が一ということもある。そう思ったが、栄次郎は言葉を呑んだ。

五

その日の夜、霊岸島《れいがんじま》の大川端町《おおかわばたちょう》で、町内に住む益三《ますぞう》という二十六歳の男が匕首で心ノ臓を刺されて殺された。そばに、黒い鳥が描かれた紙切れが落ちていた。

栄次郎がそのことを知ったのは、翌日の昼前だった。お秋の家に、房吉がやって来て、そのことを告げた。

「殺された益三は鋳掛屋《いかけや》でした。鞴《ふいご》などの商売道具は長屋にあったので、いったん商売から帰り、荷物を置いて近くの居酒屋まで呑みに行ったようです。その帰りに、被害に遭ったと思われます」

「そうですか。やはり、犠牲者が出ましたか」

栄次郎はやりきれないように呟く。

「旦那は今、霊岸島の現場に行っています。また、何かわかりましたら、お知らせに上がります」

房吉は引き上げて行った。

鬼畜だ、と栄次郎は闇夜の烏を憎んだ。何の罪もない無関係な者を平然と殺す。どうして、そんなことが出来るのか。

栄次郎は窓辺に立ち、大川に目をやる。空は雨雲がたちこめていた。気持ちもうっとうしい。

なぜ、闇夜の烏の影さえ見つけられないのか。闇夜の烏は、由蔵と勘助に間違いないだろう。

ふたりのことを弥三郎の情婦はほんとうに知らないのだろうか。

背後で障子が開いた。

「栄次郎さん」

新八だった。

栄次郎はようやく窓辺から離れた。

「どうかしたんですか。まさか」

新八がはっとしてきいた。

「昨夜、霊岸島でひとが殺されました。そばに、黒い烏が描かれた紙切れが」

「そうですか」

新八は痛ましげに顔を歪めた。

「ただ手をこまねいているだけですからね」

栄次郎は自分たちの不甲斐なさを嘆いた。

「それにしても、どうして闇夜の烏は姿も見せないで、殺しを行なえるのでしょうか」

新八は疑問を口にする。

「誰かが不審な人物を見ているはずです」

栄次郎は何か手掛かりが見つかるはずだと思っている。闇夜の烏も人間だ。どこかに手抜かりがあるはずだ。

それがまだ見つけられていないだけだ。

「栄次郎さん。火盗改の元密偵に会うことが出来ました。与力に引き合わせる前に、栄次郎さんとお会いしたいと」

新八が口にした。

「わかりました。いつでも」

「では、これから行ってみますかえ。本所一つ目《ほんじょひとつめ》で呑み屋をやっています」

「ぜひ」

栄次郎は出かける気になった。

両国橋《りょうごくばし》を渡り、栄次郎と新八は竪川《たてかわ》にかかる一ノ橋《いちのはし》の近くにある呑み屋の前に立った。昼前で、暖簾《のれん》はかかっていない。

新八は戸を開けて、土間に入った。右手が小上がりで、左手に縁台が二列並んでいた。

「巳之助《みのすけ》とっつぁん」

新八が声をかける。

奥から、五十近い白髪の目立つ男が出て来た。中肉中背で、目の大きな男だ。

「新八か」

「とっつぁん。矢内栄次郎さんを連れて来た」

「矢内栄次郎です」

栄次郎は巳之助に挨拶をした。

巳之助はじろじろ栄次郎を見た。

「なかなか、いい男じゃねえか。どこか気品もあるが、男の色気も……。おまえさん、何者だえ」

巳之助は無遠慮にきいた。

「御家人の部屋住です」

「いや、そうじゃねえ」

巳之助は首を横に振った。

「とっつあん。じつは栄次郎さんは三味線弾きなんだ。名取だ。杵屋吉右衛門という師匠から吉栄という名をもらっている」

新八が話した。

「ほう、三味線弾きか」

「市村座《いちむらざ》で、地方《じかた》として出たりしていなさる」

「どうりで」

巳之助は頷き、

「男の色気のわけはわかった。だが、その気品はどこから……。おっと、ここまでにしておこう。あまり詮索しちゃ、迷惑だろうからな」

「いえ」

「どうも、ひとの本性が気になるほうでな。あんたがただ者ではないことはわかった」

「買いかぶりです」

栄次郎は苦笑して言う。

「そんなわけねえ。まあいい」

巳之助は口調を改めて、

「で、火盗改の与力に引き合わせてくれということだったが、なんのためにだ？　新八さんからいちおうは聞いたが、あんたの口から聞きたい」

と、鋭い目をくれた。

「闇夜の烏と名乗る賊が、南町に捕まった盗賊の当麻の弥三郎の解き放ちを要求し、何の罪もないひとたちの命を奪っているのです。すでに三人が殺されました。これ以上の犠牲者を出してはなりません」

栄次郎は強い口調で言い、

「なんとしてでも、一刻も早く闇夜の烏を退治しなければならないのです。もともと、当麻の弥三郎を追っていたのは火盗改だそうなので、一味のことについて教えていただきたいのです」

「火盗改では差口奉公《さしぐちほうこう》といっているが、俺は長年、密偵をしていた。やめたのは三年前だ。今の火盗改は御先手頭の古川大蔵さまだ。古川さまが火盗改の頭になったのは俺がやめたあとだから、今の火盗改とは直接の繋がりはない。だが、ときおり、与力や同心から裏世界のことで相談を受ける」

巳之助は息継ぎをし、

「だから、紹介することは出来る。で、与力なら誰でもいいのか」

「いえ。当麻の弥三郎を追っていた立花重吾という与力どのです」

「立花さんか」

巳之助は頷き、

「わかった。話を通しておく」

と、言った。

「お願いいたします」

「なぜ、奉行所の人間ではないのに、あんたはこんなことに首を突っ込んでいるんだね」

巳之助は不思議そうにきいた。

「頼まれたからでもありますが、生来のお節介焼きなんです。気になることは見過ごしに出来ない性分なのです」

「そうか、お節介焼きか。立花さんと話がついたら新八さんに知らせる」

「お願いします」

栄次郎と新八は巳之助の店を引き上げた。

大川沿いを永代橋《えいたいばし》方面に向かう。

「あのとっつあんと出会ったのは五年前です。あっしが、大名屋敷に忍び込んで、首尾よく金を奪って引き上げるとき、夜鳴きそば屋が目に入ったので、その屋台に飛び込みました。そばを食ったあと、亭主が、岡っ引きがうろついているぜと言ったんです。別の盗みがあったみたいで」

新八は苦笑し、

「あっしを岡っ引きが探している男と勘違いしたようでした。でも、巳之助とっつぁんはあっしが盗人だと気づいたようで。あのまま屋台を出て岡っ引きに声をかけられたら拙《まず》いことになっていました。あっしの懐に盗んだ金が入ってましたからね」

「巳之助さんはひとを見抜く目が鋭い」

栄次郎は感嘆して言う。

「ええ、それ以来のつきあいです。火盗改の密偵だと知ったあと、何度かとっつあんの手伝いをしたことがあります」

佐賀町《さがちょう》を過ぎて、永代橋に差しかかった。

「あのとっつあんも以前は相当ならしたならず者だったそうです。一代前の火盗改の頭に捕まってから密偵に。あのとっつあんのおかげで、火盗改はかなりの手柄を上げたそうです」

「わかるような気がします」

「密偵を引退するときに、火盗改の頭が今後の暮らしに困らないようにと、さっきの店を用意してくれたそうです」

新八は最後に付け加えた。

「だから、あの店には火盗改の者がよく呑みに来るそうです」

「与力や同心から裏世界のことで相談を受けると仰ってましたが」

栄次郎は合点した。

永代橋を渡って、大川を越えて霊岸島に入った。

大川に面した大川端町に行くと、この界隈を縄張りとしているらしい小肥りの岡っ引きの姿があった。四十を過ぎているようだ。

栄次郎は近付いて声をかけた。

「殺しはここで？」

「お侍さんは？」

岡っ引きが不審そうにきいた。

「あっ、失礼しました。私は矢内栄次郎といい、町廻りの鏑木さんの手伝いをしている者です」

栄次郎は名乗った。

「鏑木の旦那の？」

岡っ引きは半信半疑の表情だったが、

「ここです。ちょうどこの辺りに倒れていました。この先に呑み屋があり、その帰りに襲われたのでしょう」

と、話した。

「近くに住む益三というひとだそうですね」

「ええ、そうです」

「抵抗したあとは？」

「ありませんでした。すれ違いざまに、不意を衝かれて刺されたのでしょう」

岡っ引きは眉根を寄せた。

「誰も見ていなかったのですか」

「悲鳴を聞いて、通りがかりの男が駆けつけ、男が逃げて行くのを見ていますが、暗かったので顔などはわからないと。もし、その男がもう少し早くここまでやって来たら、自分が犠牲になったかもしれないと、身を震わせていました」

「では、そのひとが自身番に？」

「そうです」

「益三さんは呑み屋にはひとりで？」

「ええ。独り身ですから、毎晩居酒屋で呑んでいたようです」

「益三さんはどんなひとだったのですか」

栄次郎は念の為にきいた。

「鋳掛屋で、あっちこち歩きまわっていたようです。あまり、愛嬌のない男だったようですが、かなり稼ぎはあったようです。ときたま、深川《ふかがわ》に遊びに行っていたようです」

「ひとから恨まれるようなことは？」

「そういう話はありません」

岡っ引きは丁寧に答えてくれた。

「親分はここで何を？」

栄次郎はきいた。

「呑み屋の小女《こおんな》が、益三は莨《たばこ》入れを持っていたと言っていたんですが、それがなかったんです」

「なかった?」

「ええ、ですから、この付近に落ちているのではないかと思って探していたんです。でも、見つかりませんでした」

「その夜に限って、益三さんは莨入れを長屋に忘れて行ったとか」

「いいえ、長屋にもありませんでした。それに、昨夜も、小女は益三が莨入れを持っていたのを見たと言っています」

岡っ引きは答える。

「じゃあ、下手人《げしゅにん》が持って行ったということですか」

栄次郎は首をひねった。

なぜ、闇夜の烏が莨入れを奪って行ったのか。その理由がわからない。

「あと考えられるのは、襲われたとき、莨入れが落ちた。町方はそのことに気づかず、死体を片づけた。あのあとで、たまたま通り掛かった他人が拾って行った……」

岡っ引きは口にしたが、

「でも、死体が発見されたあと、あっしらは現場周辺を検《あらた》めています。夜だったので見逃したとも考えられますが、今朝もここに来ています。何も落ちていませんでした」

と、はっきり言った。

「もっとも、小女から莨入れのことを聞いたのは半刻（一時間）ほど前なので」

「なるほど。それまでは莨入れのことは頭になかったから、見逃していたかもしれないのですね」

栄次郎は確かめる。

「ええ。でも、莨入れが落ちていたら目に入るはずなんですが」

岡っ引きは不思議そうに言ったが、

「このことが下手人の手掛かりになるとは思えませんので」

と、苦笑した。

「その莨入れは上物なのですか」

栄次郎はなおもこだわった。

「いえ、ごくふつうのものだったようです」

「特に変わったものではなかったのですね」

「他人が欲しがるような代物ではなかったということです」

岡っ引きは言ってから、

「これ以上、探しても見つからないでしょう」

と、諦めた。

「お邪魔しました」

栄次郎は礼を言い、その場から引き上げた。


栄次郎は霊岸島から浅草黒船町のお秋の家に戻った。新八とは途中で別れた。

お秋の家の二階に落ち着き、三味線を取った。

三味線を構えたが、糸を弾く気にならなかった。やはり、三人もの無辜《むこ》の人間が理不尽に殺されたことの衝撃は大きかった。

三味線を抱えたまま、思いは昨夜殺された益三のことに向いた。

やはり莨入れのことが気になる。なぜ、莨入れがなくなっていたのか。下手人が持って行ったように思えてならない。

前に殺されたふたりはどうだったのだろうか。鏑木も房吉も莨入れのことは何も言っていなかった。

おそらく、なくなってはいなかったのだろう。なぜ、今回だけ、なかったのか。

益三に恨みを持つ者が、闇夜の鳥に見せかけて殺したということは考えられない。

黒い鳥が描かれた紙切れが偽物だとしたら、鏑木たちはすぐわかるはずだ。

やはり、一連の殺しの中で、益三だけが莨入れを奪われたのだ。このことは重大な意味を持つのか持たないのか。

栄次郎は立ち上がり、窓辺に寄った。

大川に御厩《おうまや》の渡し船が対岸に向かって行く。

闇夜の烏は弥三郎が重病だということを信じただろうか。信じたら、もう脅迫は止むか。もうこれ以上は犠牲者が出ないか。

しかし、これで止めば、三人を殺した闇夜の烏、おそらく由蔵と勘助、あるいは新たな仲間が加わっているかもしれないが、この者たちを捕まえる機会を失うことになる。

闇夜の烏をこのままにしておくわけにはいかない。なんとしてでも、捕まえなければ、死んだ者たちが浮かばれない。

またも、さっきの岡っ引きの言葉を思い出した。

益三が襲われたとき、悲鳴を聞いて通りがかりの男が駆けつけたと言っていた。ただ、暗くて逃げて行く影しか見ていなかった。

それでも、目撃者はいたのだ。先のふたりの場合は誰もいなかったのだろうか。いたけど、やはり影しか見ていなかったのか。

鏑木や房吉らは、脅迫状のことに気をとられ、殺された者の周辺の調べが疎《おろそ》かになっていることはないか。なんらかの思い込みから、何かを見逃してはいまいか。

闇夜の烏は誰彼構わずに殺す相手を選んだにしても、最初はなぜ、浅草の新堀川沿いだったのか。ふたり目はなぜ、小名木川沿いか。そして、昨夜はなぜ霊岸島だったのか。

そこに何か手掛かりはないか。

栄次郎は最初から自分なりに調べてみようと決心した。

第二章　打ち止め

一

翌日の朝、栄次郎は本郷の屋敷を出て、上野山下《うえのやました》から稲荷町《いなりちょう》を通って阿部川町にやって来た。

自身番できくと、鏑木や房吉の耳にすぐ入ってしまうかもしれないので、木戸番屋に行った。

鏑木の受け持ちは芝《しば》から京橋《きょうばし》、鉄砲洲《てっぽうず》一帯で、この界隈は別の定町廻りの管轄だが、闇夜の烏の犯行ということで協力しているはずだ。

箒《ほうき》やたわし、草鞋《わらじ》などの荒物を売っていて、三十ぐらいの女が留守番をしていた。

「番人のお方はおりませんか」

栄次郎は声をかけた。

「寝ています。夜通し、起きているので」

女は妻女のようだった。

「そうですよね。失礼しました」

栄次郎は素直に謝った。

「何か」

「先日、殺された庄蔵というひとが住んでいた長屋がわかれば教えていただきたいと思ったのです」

「それだったら、万両《まんりよう》長屋ですよ。この先を行けばわかります」

「万両長屋ですね」

復唱してから、

「庄蔵さんも不運でしたね。どこで殺されていたのでしょう」

と、栄次郎はさりげなく口にした。

「稲荷町にあるお寺の山門前です。ほんとうに恐ろしいことで。もしかしたら、うちのひとが夜廻りのときに襲われていたかもしれませんからね」

妻女は細い眉をひそめた。

「そうですね」

「お侍さんは庄蔵さんのお知り合いですか」

「いえ、そうではないのですが」

曖昧に言い、

「庄蔵さんをご存じですか」

と、栄次郎はきいた。

「いえ、半年前に万両長屋に越して来たひとですから、よくは知りません」

「半年前に？　それまでどこにいたかご存じでは？」

「いえ」

「そうですか」

あまりしつこくきいて怪しまれるのも困るので、適当に切り上げ、礼を言って木戸番屋から離れた。

教えてもらったとおりに町筋をしばらく行くと、八百屋と鼻緒屋の間に長屋木戸があり、万両長屋だとわかった。

栄次郎は長屋木戸を入った。

井戸端で、赤子を背負った女が洗濯をしていた。

「ちょっとお訊ねします」

栄次郎は声をかけた。

「はい」

女は振り向いて顔を上げた。

「先日殺された庄蔵さんはこちらにお住まいだったと聞いたのですが」

栄次郎はきいた。

「ええ。そうです」

「庄蔵さんとはおつきあいはあったのでしょうか」

「隣同士ですから、挨拶程度は」

女は洗濯の手を休めて立ち上がった。背中の赤子はすやすや眠っている。

「庄蔵さんは独り住まいだったのですか」

「そうです。でも、おかみさんはいたみたいですけど」

「おかみさんがいたのですか」

栄次郎はきき返した。

「ええ。そうらしいですよ。私は大家さんから聞いたんですけど」

女は何の警戒心もなく答えた。

「大家さんの家は？」

「木戸脇の鼻緒屋さんです」

礼を言い、栄次郎は大家の家に向かった。

いったん木戸を出て、鼻緒屋の店先に立った。恰幅のいい男が店番をしていた。

栄次郎は声をかけた。

「失礼ですが、大家さんですか」

「そうです。何か」

男が立ち上がって出て来た。

「私は矢内栄次郎と申します。先日殺された庄蔵さんのことで、教えていただきたいことがありまして」

「庄蔵さんとはどのようなご関係で？」

大家は警戒ぎみにきく。

「南町の鏑木さんという同心の手伝いをしています」

「鏑木さんですか……」

大家の反応は鈍かった。

「鏑木さんはここにやって来ていないのですか」

「さあ、奉行所のひとが何人か庄蔵の部屋を調べて行きました。もしかしたらその中にいたかもしれませんが、私は会っていません」

ここは受け持ち外なので、鏑木は出しゃばらなかったのだろう。

「庄蔵さんに親しいひとはいたのでしょうか」

「ここに越して来て半年ほどになりますが、ほとんど訪ねて来るひとはいなかったようです」

大家は答える。

「ここに来る前はどちらにいたかわかりますか」

「いえ、その頃のことはあまり言いたがらなかったようです」

「言いたがらなかった？　なぜでしょう？」

「酒と博打《ばくち》で失敗しているようです」

「なるほど。それで、こっちに引っ越して来たというわけですか」

「そのようです」

大家は頷く。

「庄蔵さんの通夜、葬式に知り合いのひとは来ましたか」

「いえ、長屋の者で送りました」

「棒手振《ぼてふ》りをしていたそうですね」

「ええ、野菜の行商です」

「長屋で何か問題を起こしたことは？」

「大酒呑みで、賭場《とば》にも出入りをしているようでしたが、ここでは特に問題は起こしていません」

最後に、莨入れについてきいた。

「殺されたとき、莨入れを持っていましたか」

「莨入れ？」

大家は首を傾げたが、

「ありました。亡骸《なきがら》が長屋に帰ったとき、持っていた品物もいっしょに戻りましたが、その中に莨入れがありました」

と、思い出して言った。

「何かなくなっているものがあったという話はありませんでしたか」

「いえ、なかったですね」

「そうですか。わかりました」

栄次郎は大家の家を出た。

それから、栄次郎は新堀川沿いを行き、蔵前《くらまえ》に出て、浅草御門《ごもん》を抜けて、両国橋を渡った。

川風はひんやりしていた。冬が近いと思わせるように、今日は肌寒い。

竪川を越え、小名木川にかかる高橋までやって来た。

この橋の袂で、冬木町の十徳長屋に住む政吉という男が殺されたのだ。

栄次郎は橋を渡り、冬木町に向かった。

十徳長屋はすぐにわかった。今度は大家の家を真っ先に訪ねた。

絵草紙屋だった。錦絵などが下がっていた。

大家は五十近い男だった。

「政吉は二年前から住んでました」

大家は答える。

「小間物の行商をしていたそうですね」

「そうです。若くて、そこそこ男前だったからいい客を摑んでいたのでしょう。羽振りはよかったですね」

「羽振りがいい?」

栄次郎はきき返す。

「ときたま、夜はどこかに遊びに行ってました」

「どこなんでしょうか」

「長屋の者が、深川の『平清《ひらせい》』という料理屋から出て来る政吉を見たことがあると言ってました」

「『平清』ですか」

高級な料理屋だ。

「誰か連れは？」

「ひとりみたいです」

「殺されたとき、政吉さんは莨入れを持っていましたか」

ここでも、莨入れのことをきいた。

「莨入れはありました。ずいぶん気に入っていた莨入れですから、政吉の亡骸の枕元に置いてあげましたよ」

「そんなに莨入れを気に入っていたのですか」

栄次郎は確かめる。

「ええ、そんなに上物ではないですが、なんだか大事にしていました」

「そうですか」

やはり、莨入れはあった。

霊岸島の益三のときだけが異例だったようだ。なぜ、益三の莨入れだけがなくなっていたのか。

何の手掛かりも摑めないまま、栄次郎は浅草黒船町のお秋の家に行った。

二階の部屋に落ち着いてすぐ、鏑木と房吉がやって来た。

ふたりの顔付きを見て、栄次郎は悪い予感を覚えた。

「また、闇夜の烏から？」

「ええ。これです」

……当麻の弥三郎は諦めた。それに代わり、一千両を要求する。満足な回答がなければ、またどこかでひとが死ぬ。返事は今夜暮六つ（午後六時）、上野山下五條天神《ごじょうてんじん》の賽銭箱の下に。闇夜の烏。

栄次郎は唖然とした。

「こんな要求を呑むわけはない。闇夜の鳥は本気で、金が手に入ると思っているのか」

「一千両ですって」

鏑木は目の前に闇夜の鳥がいるかのように激しく言った。

「でも、旦那。またひとが……」

房吉が口にした。

「こんなことで金を払っていたら、真似をする輩がどんどん出て来る。何があっても、金など払わぬ。これは崎田さまの意見でもある」

「この一千両というのは、当麻の弥三郎を奪い返すことで手に入ったであろう額に相当しますね」

栄次郎は一千両の意味を考えた。

「そうでしょう。これで、奴らの狙いは最初から一千両だったことがはっきりしました。弥三郎はどこかに一千両を隠したのです。しかし、弥三郎が口もきけない今となっては、一千両の在り処は誰にもわからないままに……」

鏑木は無念そうに言う。

「弥三郎は一千両をどうするつもりだったのでしょうか。誰にも、隠し場所を教えないまま自分は死罪になって行く覚悟だったのでしょうか」

栄次郎は弥三郎の気持ちになって考えてみた。

弥三郎は死罪になると観念していたはずだ。一千両をどうするつもりだったか。やはり、由蔵と勘助に伝えたいと思ったか。いや、弥三郎は下っ端の手下に金を渡すことをよしとしただろうか。金を残すとしたら手下ではなく情婦だ。

自分たちに一千両を渡す気はないとわかっていたから、由蔵と勘助は闇夜の烏と名乗って、弥三郎の解き放ちを画策したのではないか。

情婦は一千両の隠し場所を知っているのではないか。

「鏑木さん。弥三郎の情婦は隠し場所を聞いているのではありませんか」

栄次郎は想像した。

情婦の罪がどのくらいのものになるか。遠島になったとしても、永《なが》の遠島ではない。恩赦があれば江戸に戻ることが出来る。

そのときに、隠してあった一千両を使う……。情婦はそう目論んでいるのではないか。

「そうですね」

鏑木が首をひねり、

「ただ、情婦は知らないと言っています。嘘をついているようには思えませんでした」

「そうだとしたら」

栄次郎は言いさした。

隠し場所を知りながらしらを切っているとしたら、今後も絶対に口を割らないはずだ。いずれにしろ、一千両は闇に消えたも同然だ。

「それに、弥三郎が情婦に隠し場所を教えているかもしれないと思えば、由蔵と勘助は情婦の解き放ちを画策するはずです。それがなくて、いきなり一千両を要求してきたのは、奴らの眼中には情婦の存在がないからです。情婦は知らないとわかっているのではないでしょうか」

「なるほど、仰《おつしや》るとおりです」

栄次郎は鏑木の言い分が当たっていると思った。

もはや、情婦をうまく使うという考えは捨てざるを得なかった。

「で、闇夜の烏に対する返事はどのように？」

栄次郎はきいた。

「崎田さまが、一千両の受け渡しのときこそ闇夜の烏を捕縛する好機だと仰った。そこで、一千両を用意するという返事に」

「ほんとうに一千両を用意するのですか。それとも、贋金を？」

栄次郎はきいた。

「もちろん、贋金です」

鏑木ははっきり言い、

「大きな賭けですが、万が一本物を用意してまんまと奪われたらことですから」

と、付け加えた。

「五條天神の賽銭箱の下にはまた新八さんに？」

栄次郎は確かめる。

「いえ。三度も裏をかかれており、今度も、同じことになりましょう。これからは賽銭箱の下に文を置いたらすぐ引き上げさせます。したがって、文を置くのは誰でもよく、房吉かその手下にやらせます」

「見張りも置かないということですね」

「そうです。勝負は一千両の受け渡しのときです」

鏑木は言い切り、

「今夜暮六つに文を置き、明日の朝、賽銭箱の下を確かめます」

と、手筈を説明した。

「今度、矢内どのの手を借りるのは、一千両の受け渡しのときです」

「わかりました」

鏑木の方針に従わざるを得なかった。

鏑木と房吉が引き上げたあとに新八がやって来た。

「ちょっと前に、鏑木さんが帰ったところです」

栄次郎が言うと、新八はすぐ反応した。

「闇夜の烏から何か言ってきたんですね」

「ええ、当麻の弥三郎は諦めたから、代わりに一千両を要求すると」

「一千両？　なんという無茶を」

新八が呆れたように言う。

「それで、今後の手筈ですが」

栄次郎は奉行所の方針を説明した。

「そうですか。一千両の受け渡しのときに勝負をかけるというのですね」

「ええ、ですから返事は上野山下の五條天神の賽銭箱の下に置き、もう見張りはおかないそうです」

「何度も出し抜かれて、怖じ気づいちゃったんでしょうか」

「これが同じ柳森神社なら打つ手も考えついたでしょうが、新たに五條天神を指定してきましたからね。また、まんまとしてやられると及び腰になっているのかもしれません」

「なんかしっくりしませんが」

新八は呟いてから、

「栄次郎さん。巳之助とっつあんから知らせがきました。明日の昼四つ（午前十時）ごろ、とっつあんの店に来てくれとのことです」

と、言った。

「では、立花重吾どのが」

「ええ、来るそうです」

栄次郎は何か摑めるかもしれないと期待した。

二

翌朝、栄次郎は本郷から湯島《ゆしま》の切通しを通り、上野山下にやって来た。

参道には早朝でもお参りのひとがちらほら目についた。栄次郎は辺りに注意を払い、参道を抜け、境内に入った。

社殿の前で、商家の内儀ふうの女が手を合わせていた。

栄次郎はひとがいなくなるのを待って、賽銭箱の下を確かめた。文が置いてあった。栄次郎は手にして開いた。

鏑木が認めた文だ。急いで賽銭箱の下に戻し、栄次郎はその場を離れた。

闇夜の烏はまだ取りに来ていない。なぜか。

それから半刻（一時間）後、栄次郎は新八とともに、竪川にかかる一ノ橋の近くにある呑み屋の二階の小部屋にいた。

四半刻（三十分）ほど経って、三十五、六の大柄な武士が巳之助とともに入って来た。火盗改与力の立花重吾だと、巳之助が引き合わせた。

「矢内栄次郎と申します」

「新八です」

栄次郎と新八は挨拶をした。

「当麻の弥三郎の件だそうだが」

立花が厚い唇を動かした。

「はい」

栄次郎は応じてから、

「立花さまは、闇夜の烏のことはご存じでしょうか」

と、相手の顔を見つめた。

「聞いている。当麻の弥三郎の解き放ちを要求していたそうだが」

「はい。ですが、弥三郎は重病で浅草の溜に入っています」

「そうらしいな」

「要求を拒否したことで、何の罪もないひとが三人も殺されました」

「うむ」

「闇夜の烏は、弥三郎の手下の由蔵と勘助と思われます。ですが、このふたりについての手掛かりがまったくないのです。それで、立花さまなら何かわかっていることがあるのではないかと」

栄次郎は経緯を説明した。

「南町から問い合わせがあったが、我らもそのふたりについては何も知らないのだ。したがって、我らが手を貸すことはなかった」

「火盗改は最初から、弥三郎一味を追っていたのですね」

「いや、正確には少し違う」

「と、仰いますと？」

「半年前に、芝と京橋界隈で、土蔵破りが続いて起こった。いずれも商家の番頭が朝、土蔵を調べたら一千両がなくなっていた。店の者は自身番に知らせ、駆けつけたのが南町の同心だ」

「鏑木真一郎どのですね」

「そうだ。だから、最初に探索に入ったのは南町だ。だが、火盗改も調べに入った。賊は塀を乗り越えて侵入し、土蔵の錠前を破って中から一千両を盗んで逃走。その間、店の者は誰ひとり気づかない」

立花は息継ぎをして続ける。

「もし、店の者が賊の侵入に気づいたら殺されていただろう。気づかなかったのは幸いだというべきかもしれない。こうして、南町が先行し、我らは後追いでこの盗賊の探索を続けた。しかし、誰も賊の姿を見ていないし、手掛かりは摑めなかった」

立花は間を置き、

「ただ、わかっているのは、一味に錠前破りの名人がいることと塀を乗り越える身の軽い男がいるということだ。そのほうから調べたが、手掛かりは摑めなかった。そんなときに、ある幸運が舞い込んだ」

　立花は栄次郎と新八の顔を交互に見て、

「半年前、南伝馬町一丁目にある太物《ふともの》問屋『大和屋《やまとや》』の近くで、たまたまうちの同心と密偵が不審な人影を見つけた。黒装束だったのだ。それで、密偵が黒装束のあとをつけ、同心は『大和屋』に行った。わけを話し、土蔵を調べてもらったところ、千両箱がひとつなくなっていることがわかった。同心はすぐに密偵のあとを追った。賊のあとをつけていた密偵が曲がり角に目印を置いて行ったので、そのあとを追ったのだ。だが、鉄砲洲稲荷の近くで見失った。しかし、賊の隠れ家がその周辺にあることがわかった。そして、賊が五人だということもわかった」

　立花は大きく息を吐き、

「それから、我らはその周辺の監視をはじめた。その後、賊は五人で商家に忍び込み、土蔵を破る。家人が気づかぬうちに土蔵から金を盗んで行く。同じ手口の押込みが、その後、三件発生した。しかし、我らはその盗みのあとで隠れ家に戻る賊を待った。そして、ついに張り込んでいるところへ賊が逃げて来た。逃げ込んだ家はわからなかったが、隠れ家は築地明石町《つきじあかしちょう》にあることがわかった」

　栄次郎は黙って聞いている。

「それから、密かに調べ、とある家を見つけた。さらに内偵を続け、弥三郎という男が住んでいて、数人の男が出入りをしていることがわかった。弥三郎は錠前屋だったということもわかり、一連の盗みを働いていた盗賊に間違いないと思った。それで、五人が集まったときに、隠れ家を急襲し、一網打尽にするつもりだった」

立花は渋い表情になった。

「何があったのですか」

栄次郎は口を入れた。

「我らの動きがばれた。急襲したとき、ふたりが我らに手向かって来た。その前に、弥三郎と手下のふたりは逃げ出していたのだ。逃げ出した弥三郎たちは、鉄砲洲稲荷の近くにあった弥三郎の情婦の家に逃げ込んだようだ。ところが、南町の鏑木という同心が我らの動きを察し、様子を見ていた。そこに弥三郎たちが逃げて来たので、あとをつけた。そして、情婦の家に踏み込んで、同行していた岡っ引きが弥三郎を捕まえたのだ」

立花は忌ま忌ましげに言う。

「築地明石町の隠れ家に千両箱が隠してあったが、被害からしてもっとあるはずだ。別の場所に隠してあったに違いない。だが、弥三郎は南町の手に落ちてしまった。南町は我らのおこぼれで手柄を立てたに過ぎない」

「そういうことでしたか」

栄次郎は合点してから、

「鏑木さんはどうして立花さんたちの動きを知ったのでしょうか」

と、きいた。

「太物問屋の『大和屋』から話を聞いたのだ。盗まれた直後に火盗改がやって来たとな。それで、何かぴんときて、賊の監視より我らの動きを見るようになったのだろう」

立花は口許を歪め、

「あの鏑木という同心はなかなか抜け目がない。だが、闇夜の烏に手痛い仕打ちを食らった。手柄を横取りした報いを受けたのだ」

と、吐き捨てた。

「そういうわけで、俺たちも一味について何もわかっていないのだ。弥三郎といっしょに逃げた手下がどんな男かも知らない」

「そうでしたか」

栄次郎は頼りの火盗改も何も知らなかったことにため息をつくしかなかった。

「弥三郎はどんな男だったのですか」

「さっきも言ったように、もともとは錠前屋だった。当時の仲間の話では、いつもこぼしていたようだ。もっと、いい暮らしがしたいと。地道に稼いで生きていくことに虚しさを覚えていたようだ。軽業師上がりの男と知り合ったことがきっかけか、太く短く生きようと思うようになったようだ」

「軽業師上がりの男というのは？」

「隠れ家に踏み込んだとき、歯向かってきたふたりのうちのひとりだった。生きて捕まえたかったが……」

立花は無念そうに言った。

「ありがとうございました。状況が摑めました」

栄次郎は礼を言う。

「闇夜の烏のほうは見通しはどうだ？」

「まったくわからないのです。ほんとうに、闇夜の烏で、まったく姿がわかりません」

「残念だが、我らが協力しても何の役にも立たない」

立花は自嘲した。

「正直いって、闇夜の烏のほうが一枚も二枚も上手《うわて》です。ですが、闇夜の烏も自分たちが得ようとしたものは手に入れられなかった。理不尽に三人の命を奪っただけです」

栄次郎は怒りを滲ませた。

「弥三郎が重病なら、闇夜の烏もこれ以上は何も出来ないな」

「いえ。新たに一千両を要求してきました」

「なに、一千両……」

立花も唖然とした。

「南町は、この一千両の受け渡し時に勝負をかけると」

「うむ」

立花は首を傾げた。

「何か」

栄次郎は気になった。

「闇夜の烏は、そんなに一千両を欲しているのか」

「当麻の弥三郎を奪い返そうとしたのは、一千両の隠し場所を知りたいからです。闇夜の烏は一千両のために動いています」

「うむ」

　立花はまた唸り、

「本気で奉行所を脅して一千両を奪えると思っているのか」

　と、疑問を呈した。

「私もそう思います」

　栄次郎は応じたあと、あっと声を上げた。

　立花が不審そうな目をくれた。

「昨夜、奉行所は闇夜の烏への返事を指定された五條天神の賽銭箱の下に置いたのです。今朝、そこに行ってみたら、まだ返事の文がありました。その後、取りに来たかわかりませんが……」

　栄次郎は文のことが気になった。

　そこに巳之助が階段を上がって来た。

「お話、済みましたかえ。済んだら、酒でも」

「そいつはありがたい」

　立花は即座に応じ、

「矢内どのもいっしょに」

と、誘った。

「気になりますので、五條天神まで行ってみたいと思います」

栄次郎は気が急《せ》いて言う。

「そうか。いつか、いっしょに酒を酌み交わそうではないか」

「ありがとうございます。では」

栄次郎と新八は立ち上がった。

そして、半刻（一時間）後、栄次郎と新八は上野山下の五條天神にやって来た。

参道を急ぐと、ちょうど境内から鏑木が出て来た。

「鏑木さん」

栄次郎は駆け寄った。

「これ」

鏑木は懐から文を出した。

昨夜、鏑木が置いた返書だった。

「闇夜の烏は、取りに来なかったのですか」

「そうみたいです。これから取りに来るということはないでしょう」

鏑木は困惑したように言う。

「闇夜の烏は、一千両の要求を諦めたのでしょうか。それとも、明日の朝、また新たな文が届くのでしょうか」

栄次郎はきいた。弥三郎の情婦の解き放ちを、新たに要求してくるのではないかと思った。

弥三郎がだめなら情婦の解き放ちを要求をするというのが普通だと思うが、いきなり一千両を要求してきた。だが、闇夜の烏はこの間違いに気づき、新たに情婦の件で文が届くのではないか。

「ええ、まだ油断は出来ません」

「旦那」

房吉が声をかけた。

「やっぱり、まだ文を賽銭箱の下に置いておいたほうがよかありませんか。何らかの事情で、取りに来られなかったのかもしれませんし」

「いや、その場合でも、何か言ってくるはずだ」

「でも、文を置いてなかったという理由で、また無関係な人間を殺すかもしれませんぜ」

房吉は警戒した。

「そんなことはないと思うが……」

鏑木は自信なさそうな顔で、

「よし、もう少し、置いておこう。頼んだ」

と言い、返事の文を房吉に渡した。

房吉は返書を賽銭箱の下に置きに行った。


栄次郎は五條天神からひとりで浅草黒船町のお秋の家に戻った。

二階の部屋で、三味線の稽古をする。一日でも弾かないと三味線を抱えたときに違和感を覚える。指の動きも鈍くなる。何があっても毎日弾いていなければならない。

今日は久しぶりに、みっちり稽古をした。気がついたとき、行灯《あんどん》に明かりが点《つ》いていた。外は暗くなっていた。

「栄次郎さん」

障子が開いて、お秋が顔を出した。

「旦那がお見えです」

「すぐ、下りて行きます」

栄次郎は三味線を片づけ、部屋を出た。

居間に行くと、崎田孫兵衛が長火鉢の前に座っていたが、やはり厳しい表情だった。

「崎田さま。闇夜の烏は文を取りに来なかったようですね」

栄次郎は切り出した。

「うむ。やはり、警戒したのかもしれぬな。金の受け渡しのときが捕縛する絶好の機会だと思ったのだが」

孫兵衛は力のない声で呟く。

「新たな要求があるのでしょうか」

「わからぬ。しかし」

孫兵衛は怒りを抑えて、

「あってもなくても困る」

と、吐き捨てた。

「ええ、新たな要求があれば、また犠牲者が出るかもしれません。なければ、闇夜の烏との繋がりが途切れます。探索の手掛かりがまったくなくなってしまいます」

栄次郎は孫兵衛の懸念を口にした。

「うむ。いずれにしろ、これから南町に対して世間の批判は大きくなっていくかもしれぬ。いや」

孫兵衛がかっと目を見開いた。

「それが狙いだったのでは」

「当麻の弥三郎を捕まえた南町の評判を落とすことが狙いだということですか」

「そうだ。奴らは最初から要求が通るとは思っていなかった。にも拘《かか》わらず、脅迫状を出したのは、ひとを誰彼《だれかれ》構わず殺すためだ。その下手人を捕まえることが出来なければ、南町は何をやっているのだと批判が集まるのは目に見えている。これが狙いだったのではないか」

「そうかもしれませんね」

栄次郎も孫兵衛の考えが理解出来た。

確かに、重病ではなくとも死罪になるだろう弥三郎を解き放つなどの要求が通るとは、いくら闇夜の烏とて思ってはいなかっただろう。

闇夜の烏と目される由蔵と勘助は、自分たちのお頭を捕まえて死罪にしようとした南町に恨みを抱き、復讐を考えた。

「弥三郎から一千両の在り処を聞き出すためというのは、我らが勝手にそう思い込んでいただけだ。由蔵と勘助はその一千両を持っていたのではないか」

「はい、そう考えれば、闇夜の烏があっさりひとを殺したわけもわかります。殺すことが目的だったのです」

栄次郎も孫兵衛の考えにまったく同感だった。

「つまり、明日の朝、闇夜の烏からの文はないということですね。明日だけでなく、これからずっと」

栄次郎は唖然となった。

闇夜の烏の手掛かりはないまま、殺しは終わりを迎え、あとは南町に対する批判がわき上がるだけだ。

そして、孫兵衛の予感どおり、翌朝、南町奉行所の門の下に闇夜の烏からの文は置いてなかった。

三

その日の昼過ぎ、鏑木と房吉がお秋の家にやって来た。

「崎田さまの仰るとおりだ。闇夜の烏の狙いは南町を批判に晒すことだったのだ」

鏑木はやり切れないように言い、

「私たちが弥三郎だけ捕まえて、ふたりを取り逃がしたことが失敗だった」

と、自分たちを責めた。

「でも、旦那。あのときはあっしと旦那のふたりきりでした。仲間を呼びに行く暇もありませんでした」

房吉が弁護をした。

「そうです。鏑木さんが責任を感じることではありません」

栄次郎もなぐさめた。

「しかし、これから南町に批判が集まるかと思うと」

「闇夜の烏を捕まえればいいではありませんか」

栄次郎は言う。

「しかし、手掛かりが……」

「諦めるのは早いです。何かあるはずです」

栄次郎は言ってから、

「闇夜の烏が脅迫に使った紙からは何も?」

と、具体的にきいた。

「一般に広く使われている紙です。どこでも買えるものです」

「それから、闇夜の烏が賽銭箱の下に置いた返書をどうやって我らの目を盗んで取って行ったのか。そのことを改めて考えてみる必要があると思います。その手立てがわかれば、何か手掛かりが見つかるんじゃないでしょうか」

「なるほど」

鏑木は頷く。

「それから、殺された三人のことをもっと調べるべきではないかと」

「三人のこと？」

「はい。三人に共通しているところを考えてみました」

栄次郎はふたりの反応を見ながら続ける。

「最初に殺された庄蔵は棒手振り、二番目の政吉は小間物の行商、最後の益三は鋳掛屋です。三人とも町を流す商売をしています。職人とか商人とか、そういう犠牲者はいないのです。職人であれば、親方や職人仲間がおり、奉公人であれば、お店の人間がいます。ところが、三人には親しい仲間がいないのです」

そして、栄次郎は付け加えた。

「それから、三人とも独り身です」

「それが何か」

「つまり、三人は殺されても身内や知り合いがいない。このことが引っ掛かっているのです」

「なんですか」

房吉が身を乗り出した。

「闇夜の烏はあえてそういう者を犠牲にした。つまり、誰彼構わずではなく、犠牲者を選んでいたのではないか」

「矢内さま。そいつはたまたまですよ、考えすぎじゃありませんか」

房吉が苦笑を浮かべた。

「ええ、そうかもしれません。でも、そうだとしたら、闇夜の烏は調べて犠牲にした。つまり、三人を選び出すために、それぞれの近くに現れていた可能性があるのではないか。念の為に殺された者をもっと調べてみたら……」

「お言葉ですが、それは無駄だと思いますぜ」

房吉が異を唱えた。

「仮に百歩譲って、闇夜の烏が犠牲者を選び出していたとしましょう。でも、それだけのことです。遠くから調べているはずですから、闇夜の烏につながる事実が出てくるとは思えません」

「ええ、確かに仰るとおりですが」

「矢内どの。お気持ちはわかりますが、やはり闇夜の烏はたまたまひとりで歩いていた男を殺したのですよ。ですから、殺された者の周辺を調べても、不審な影は見つからないと思います」

鏑木も否定した。

「そうですね」

栄次郎はあえて逆らわなかった。

あと、ひとつ、最後の犠牲者の益三の蓑入れがなくなっていることが引っ掛かっていると言おうとしたが、栄次郎は言っても無駄だと思い、喉元で止めた。

「正直言って、我らに打つ手はありません」

鏑木はため息混じりに言い、

「たぶん、一千両は由蔵と勘助がとうに手に入れていると思います。崎田さまは、闇夜の烏の狙いは南町に対する復讐だと仰いましたが、私はそれだけでなく、自分たちは一千両を持っていないことを印象づける狙いがあったのではないかと」

「………」

「つまり、これから、由蔵と勘助は一千両を使いはじめるはずです。今後、盛り場などを見張り、派手に遊ぶようになった者に目をつけていこうと思います」

鏑木は自信を見せた。

「なるほど」

栄次郎はそういう見方もあるかと、鏑木の考えに感心した。

だが、ここまでして一千両を持っていることを隠そうとした連中が、ひと目につくほど派手に金を使うとは思えない。

もっとも、派手に金を使いたいために、奉行所を脅迫したとも考えられる。だが、そのために、罪もない人間を三人も殺すだろうか。

「また、何かあったら、矢内どののお力をお借りします」

そう言い、鏑木は立ち上がった。

栄次郎は階下までふたりを見送った。

部屋に戻った。

栄次郎は敗北感に打ちひしがれる思いだった。闇夜の烏に翻弄されっぱなしの数日間だった。

しかし、このままでは終われないと、気力を振り絞る。

鏑木や房吉に否定されたが、三人とも独り身で町を流す仕事をしていたことが気になってならない。

栄次郎は立ち上がった。

お秋の家を出て、栄次郎は霊岸島に行った。

自身番を訪ね、この界隈を縄張りにしているのが和助《わすけ》という岡っ引きだと聞いた。

四十過ぎの小肥りだというので、この前会った岡っ引きに間違いなかった。

住まいは霊岸島町だというので、栄次郎は霊岸島町に向かった。

すると、前方から羽織を着て、尻端折《しりはしょ》りをした男がやって来るのに出会った。和助だ。

栄次郎は近付き、

「和助親分」

と、声をかけた。

「おや、確か矢内さまで」

「ええ。また、益三さんのことで教えていただきたいことがありまして」

栄次郎は切り出し、

「例の莨入れがなくなった件はどうなりましたか」

と、きいた。

「見つかりました」

「えっ、莨入れが見つかったのですか」

栄次郎は意外に思った。

「大川端の草むらに莨入れと煙管《きせる》入れが落ちていました」

「草むらに？」

「落ちていたというより、投げ捨てたようです」

「で、益三さんのものに間違いなかったのですか」

「ええ、間違いありません」

「下手人が奪った公算が大きいのですね」

栄次郎は確かめるようにきく。

「ええ、下手人だと思います。何か大事なものと思って奪ったものの、不要と思って捨てたのでしょう」

「なくなっているものはなかったのですね。煙管とか莨の刻みとかも、そのまま」

「ええ。ありました。ただ」

和助は思い出したように、

「根付《ねつけ》がありませんでした」

と、口にした。

「根付？」

「ええ。髑髏《どくろ》の根付をしていたようです。変わった根付ですが、まさかそれが欲しかったとは思えないのですが」

「髑髏の根付ですか」

栄次郎は首をひねった。

莨入れを腰に差していたにしても、下手人は根付まで見えないはずだ。それなのに、なぜ根付のことがわかったのか。

下手人が根付を欲したとしたら、はじめから益三が髑髏の根付を持っていることを知っていた……。

つまり、行きずりの殺しではなく、最初から益三に狙いを定めていたのではないか。

「和助親分」

栄次郎は呼びかけ、今の考えを伝えた。

「確かに髑髏の根付を持っていることを知らなければ、根付を奪おうとは思わないでしょうね」

和助は顔色を変え、

「では、闇夜の烏ははじめから益三を殺すと決めていたと……」

と、口にした。

「最初に殺された庄蔵は棒手振り、二番目の政吉は小間物の行商をしていました。益三さんは鋳掛屋です。町を流す商売をしている者が犠牲になっています。闇夜の烏は独り身で、ひとりで商売をしている者に狙いを定めているようです。つまり、闇夜の烏は誰彼構わず殺しているのではないのです」

「なぜ、そんなことを?」

「嘆く身内や知り合いが少ない人間を選んだのではないかと思ったのですが、髑髏の根付が引っ掛かります」

栄次郎は言ってから、

「和助親分、益三さんの住んでいた長屋の住人から話を聞きたいのですが」

と、頼んだ。

「わかりました。行ってみましょう」

和助は先に立った。

大川端町の長屋に着いた。

和助は木戸を入る。井戸端にいた女が和助に挨拶をする。

和助は一番奥の住まいの腰高障子の前で立ち止まり、

「ここに益三は住んでいました」

と言い、戸を開けた。

「今月いっぱいは家賃を払ってあったので、まだ益三の家ということで」

ふとんなどは片づけられていたが、まだ部屋の隅に柳行李が置いてあった。

「あの中は調べたのですか」

「あっしは調べていません。殺された男の持ち物ですから」

和助は否定する。

「親分が調べてないというと、他の誰かが？」

「ええ、益三の葬式の翌日に鏑木の旦那と岡っ引きの房吉がいちおう調べてました」

闇夜の烏の犠牲者だから、鏑木が関心を寄せるのはわかる。

「そのとき、親分は立ち会いを？」

「ええ、いっしょにいました」

「何か、見つかったのでしょうか」

「いえ、何もなかったようです」

「そうですか」

「でも、房吉は床下まで見ていました」

「床下？」

栄次郎はきき返す。

「ええ、稼ぎの金が入っていたみたいです」

「いくらほどでしょう？」

「小判二枚に一文銭が少々だと」

「親分はその金を見たのですか」

「いや、見てません」

「なぜ、益三さんの部屋を調べたのでしょうか」

「そうですね」

和助は渋い顔をした。

「何か、思い当たることでも？」

「いえ」

和助は否定する。

「鏑木さんや房吉親分は、益三さんの莨入れがなくなっていたことについて何か言ってましたか」

「いえ、何も」

「問題にしていなかったということですか」

「そうですね」

「なのに、益三さんの荷物を……」

栄次郎は首をひねった。

「これは確証もないのですが」

和助は慎重な物言いで、

「房吉が床下を調べたあと、懐に何かを隠したように見えたんです。あっしの見間違いってことも十分に考えられるのではっきりとは言えないのですが」

「隠したとしたら何をでしょうか」

「…………」

和助は言いよどんでいるようだ。

「親分。まさか、お金では？」

栄次郎は察して言う。

「ええ、そうです。床下から取り出したものを向こう向きで懐に入れたように見えました。床下に隠していた益三の金ではないかと」

「そのとき、鏑木さんは？」

「房吉のほうを見ていませんでした」

「そうですか」

栄次郎は答えてから、

「でも、親分は房吉親分が懐に入れたものは見えていなかったのですよね。それなのに、どうしてお金だと思ったのですか」

と、疑問を口にした。

「それは、益三が床下に隠していたのは金だったからです。ほんとうは十両以上貯めていたかもしれない。それを黙って懐に」

さらに、和助は遠慮がちに、

「じつは、房吉には悪い評判が」

と、口にした。

「盗人に入られた商家に行き、調べた結果、盗まれたのは十両だと房吉は報告をしたのですが、盗人が捕まって盗んだのは五両だと自白したのです。額の食い違いは、盗人が少なめに口にしたということになったのですが……」

「房吉親分が五両をくすねたと？」

「あっしはそう睨んでいます」

和助ははっきり言った。

「お上の御用を預かる岡っ引きがそんなことを……」

栄次郎は信じられない思いで言う。

「もともと房吉は芝界隈のならず者でしたから」

「房吉親分が？」

「ええ、ゆすりやかっぱらい、喧嘩などに明け暮れていた男です。あるとき、鏑木の旦那に捕まった。奴も年貢の納めどきかと思ったら、鏑木の旦那から手札をもらい、いっぱしの岡っ引きになってました」

和助は冷笑を浮かべ、

「それからは心を入れ替えて鏑木の旦那の下で悪事と闘っていたようですが、腐った性根は変わらないんだと思っていたんです。だから、益三の家の床下を調べているのを見て、金を探しているのだと思いました」

「そのことを鏑木さんには？」

栄次郎は確かめた。

「いえ、話していません。話したところで、あっしの言うことより、房吉の言葉を信用するに決まっていますから。なにしろ、悪事に通じている房吉のおかげで、あの旦那も手柄を立てていますからね」

「…………」

栄次郎は意外な話が重くのしかかってくるような息苦しさを覚えた。

和助と別れたあとも、栄次郎はそのことを考えていた。

しかし、やがて、和助の言うことがどこまで当たっているかと疑問を持った。いくら何でも房吉が殺された男の貯えを盗むなど考えづらい。鏑木もいっしょだったのだ。もし、鏑木に見つかれば、手札を取り上げられ、さらに捕縛されるかもしれない。

和助は金を隠すところを見たわけではない。房吉への偏見で金を懐に入れたように錯覚したのではないか。

ただ、何かを懐に隠したように見えたことは間違いないようだ。

栄次郎は霊岸島から浅草黒船町のお秋の家に向かったが、やはり気になって、浅草阿部川町に足の向きを変えた。

阿部川町に入り、八百屋と鼻緒屋の間の長屋木戸の前にやって来た。

その脇の鼻緒屋に行き、大家に会った。

「おや、先日の？」

「すみません。もう一度、教えていただきたいのですが」

　栄次郎はそう言い、

「先日、莨入れのことをおききしましたが、そこに根付はありましたか」

「根付？　ええ、ありました」

「どんな根付か覚えていらっしゃいますか」

「どんなだったか」

　大家は首をひねっていたが、ふいに顔を向けた。

「そうだ。龍です。龍の根付でした」

「龍ですか」

　栄次郎は呟き、

「それからもうひとつ」

　と、大家に顔を向けた。

「庄蔵さんの葬式のあと、岡っ引きの房吉親分が庄蔵さんの部屋にやって来ませんでしたか。部屋の中を調べるために」

「房吉親分ですか。いえ、殺されたあとにやって来ましたが、葬式のあとは来てません。部屋を調べる理由もありませんし」

大家ははっきりと言った。

「大家さんが気がつかないうちにやって来たということは?」

「それはありません。親分さんがやって来たら、長屋の者は私に知らせに来るはずですから」

房吉は庄蔵の部屋にはやって来ていない。益三の部屋は、なぜ調べたのだろうか。

莨入れがなくなっていたことと関係があるのだろうか。

四

翌日、栄次郎は念のために冬木町の十徳長屋に行った。

長屋木戸脇の絵草紙屋に顔を出し、大家に会った。

前回は、殺されたとき、政吉が莨入れを持っていたかどうかをきいたのだ。

「先日、莨入れのことをおききしましたが、根付はついていましたか」

栄次郎はきいた。

「いえ、根付はついていませんでした」

「なかった？」

「ええ」

大家は頷く。

「もともとつけていなかったのでしょうか」

「さあ」

大家は首を横に振った。

「それから、政吉さんの葬式が終わったあと、房吉親分が政吉さんの部屋に来ませんでしたか」

「来ました」

「来た？」

栄次郎は思わず大きな声を出した。

「ええ、同心の鏑木さまといっしょに。ここの受け持ちは別の同心と親分さんですが、どういうわけか、あのふたりが」

大家は不思議そうに言う。

「部屋の中で何をしているか見ましたか」

「いいえ。外にいましたから」

「あとで部屋に入ったとき、床下を調べた形跡はありましたか」

「そういえば、埃《ほこり》が落ちていました。床下を見たのかもしれません」

大家は答えた。

栄次郎は大家の家を辞去した。

なぜ、鏑木と房吉は、益三と政吉の部屋の床下を調べたのか。そして、なぜ、庄蔵の部屋ではそれをしなかったのか。

闇夜の烏は庄蔵、政吉、益三の三人を殺した。しかし、栄次郎は、闇夜の烏は誰でもよかったわけではなく、最初から殺す相手を決めていたのではないかと考えた。

鏑木と房吉は庄蔵が殺されたときは気づかなかったが、次に政吉が殺されたあとで、そのことに気づいたのではないか。

だが、床下を調べた意味はなんなのか。稼いだ金を床下に置いた瓶に貯えてあったのだろうが、それを調べることで何がわかるのか。

それより、なぜ、そのことをこっちに知らせようとしなかったのか、と栄次郎は不審を抱いた。

鏑木と房吉は何かを隠している。そんな気がした。

冬木町から浅草黒船町のお秋の家に戻った。

二階の部屋に落ち着いても、胸のざわめきは消えなかった。

昼前に、新八がやって来た。

「もう、闇夜の烏はおとなしくなったんですか」

新八はきいた。

「ええ。一千両を要求したまま、動きは途絶えました」

「闇夜の烏は何を得たのでしょう」

新八は疑問を口にした。

「崎田さまは、闇夜の烏の狙いは南町に対する復讐だと仰っていました。闇夜の烏を捕縛出来ない南町の無能を批判する声が高まるでしょうから」

「なるほど」

「鏑木さんは、一千両は由蔵と勘助がとうに手に入れている。自分たちは一千両を持っていないことを印象づける狙いだったと。これから、由蔵と勘助は一千両を使いはじめるはずだと」

「そういう考えもありますか」

新八は呟く。

「鏑木さんは、今後、盛り場などを見張り、派手に遊ぶようになった者に目をつけていくと言ってました」

「栄次郎さんは納得されていないようですね」

「ええ、巧みに姿を消して脅迫と殺しをしてきた闇夜の烏が、目をつけられるほどに派手に遊びだすとは思えないのです」

「しかし、鏑木さんはそう確信しているのですね」

新八が確かめる。

「そうです」

「手掛かりが何もない状況ですから、鏑木さんはその調べを最後のよりどころにしているのかもしれませんね」

新八は想像した。

「闇夜の烏はなんの手掛かりも残していませんが、唯一、痕跡を残しているのです。それが、最後の犠牲者である益三の莨入れがなくなっていたことです」

栄次郎はそのことに気づいた経緯を説明し、

「ところが、問題は莨入れでなく、根付のようなんです」

と、話した。

「益三さんの根付は髑髏だったそうです」

「髑髏ですか」

「他の犠牲者の庄蔵さんや政吉さんについて調べてみたら、庄蔵さんは莨入れに根付がついており、政吉さんは根付がなかった。これが、最初から根付をつけていなかったのかどうかは定かではないのです」

「根付にどんな意味があるのでしょうか」

新八が不審そうにきく。

「わかりません」

栄次郎は首を横に振り、

「それより、鏑木さんと房吉親分のある動きが気になっています」

と、口にした。

「なんですか」

新八は身を乗り出した。

「房吉親分が益三さんの長屋の部屋で床下を調べていたそうです」

「床下ですか」

「おそらく、益三さんの貯えが入っていたのだと思うのですが、何のために調べたのか……」

「貯えがどのくらいあったか気になったのでしょうか。でも、なんでそんなことを気にするのか……」

新八は首をひねる。

「それから、ふたりは政吉さんの長屋にも行っているんです。やはり、床下を調べた形跡がありました」

「では、庄蔵のところも？」

「いえ、庄蔵さんのところには行っていないようです」

「そうですか」

新八は不審そうな顔をした。

「ところが、鏑木さんと房吉親分はこのことを私に黙っているのです。何の手掛かりもなかったから言わなかったと言われれば、それまでですけど」

栄次郎は呟くように言い、

「新八さん。これからちょっとつきあっていただけますか」

と、声をかけた。

「構いません。どちらに？」

「柳森神社と第六天神社まで」

「わかりました」

新八は緊張した声で答えた。

四半刻（三十分）後、栄次郎と新八は柳原の土手にある柳森神社にやって来た。

冷たい風が吹きつけてきた。

「あの日、暮六つ（午後六時）前に、新八さんは賽銭箱の下に文を置きましたね」

栄次郎は確かめるように言う。

「ええ、ちゃんと置きました。そのあと、境内を出て、対岸にいる栄次郎さんに火縄の火で合図を」

「ええ、私もちゃんと見ました」

それから、しばらくして新八が橋を渡って栄次郎のもとにやって来て、ふたりで柳森神社に目をやっていた。

半刻（一時間）経っても、怪しいひと影もなく、怪しい船も通らなかった。

その後、近くの自身番で待機をしていた鏑木と房吉のところに行き、四半刻（三十分）後に柳森神社に戻った。

「房吉親分が賽銭箱の下を見に行ったら、すでに文はなくなっていたのです。つまり、我々が自身番に行って戻って来るまでの四半刻の間に、闇夜の烏がやって来て文を持って行ったと……」

栄次郎が言う。

「ええ、どこで我らの動きを見ていたのか、不思議でした」

新八も厳しい顔で言う。

「第六天神社に行ってみましょう」

栄次郎と新八は柳原の土手を柳橋のほうに向かった。

途中、新シ橋を渡り、左衛門河岸《さえもんがし》を通り、神田川沿いの茅町に出た。

第六天神社の前に立った。

「私はここで新八さんと別れ、そのまままっすぐ大川の近くまで行き、料理屋の塀の暗がりに身を潜めたんです」

栄次郎は振り返る。

「あっしは賽銭箱の下に文を置き、神社の裏手にまわりました」

ふたりは境内に入った。

ここでも柳森神社のときと同じように、半刻（一時間）近く経って、新八と合流し、茅町の自身番に向かった。

そこに、鏑木と房吉が待機をしていた。

「すぐに鏑木さんが、賽銭箱の下を見て来るように房吉親分に命じました」

栄次郎が思い出しながら言う。

「ええ。でも、すぐに戻って来た房吉親分は、まだ文があると」

「そうです」

それから、四半刻経って、みなで第六天神社に行った。

「今度は新八さんが賽銭箱の下を見に行きましたね」

「ええ。文はありませんでした。やはり、こっちの動きを見られていました」

新八が憤然と言う。

「新八さん」

栄次郎は厳しい顔で、

「柳森神社にしてもここにしても、どこに監視出来るような場所があったのでしょうか」

と、口にした。

「社殿の下に莚《むしろ》が敷いてあってひとがいた形跡がありました。新八さん、いかがですか。賽銭箱に近付いたとき、床下にひとがいたら気配を感じませんか」

「ええ、仰るとおりです。あっしは四方に目を配ってから賽銭箱に近付きました。そこにひとがいたら気づいたはずです」

新八は言い切った。

「ええ。私もそう思います。新八さんなら気づいたと」

栄次郎は言い、

「新八さん。闇夜の烏の身になって考えて、どこで見張ればいいと思いますか」

と、きいた。

「社殿の裏に隠れていても、気配を感じます。植込みの中も同じです」

新八は答える。

「ええ、身を潜めて我らを見張る場所があるとは思えません」

栄次郎は言い切った。

「でも、現実には文は持って行かれています」

新八が言う。

「ええ。つまり、柳森神社にしても第六天神社にしても、我々が自身番に行き、鏑木さんたちと神社に戻った四半刻（三十分）の間に取られたことになっています。しかし、どうして闇夜の烏は神社に誰もいなくなったことがわかったのでしょうか。たまたま文を取りに来たら、誰もいなかったということでしょうか。いえ、そんなことは考えられません」

「…………」

「柳森神社に戻ったとき、賽銭箱の下を見に行ったのは房吉親分です。戻って来て、文はなかったと言いました。だから、我らが自身番に行っている間に持って行かれたと思ったのです」

「まさか」

新八が啞然とした。

「房吉親分が見に行ったとき、賽銭箱の下にはまだ文があったのです。房吉親分はそれを懐に隠して、持って行かれたと我らに告げたのではないでしょうか」

「しかし、第六天神社のときは、自身番に行ったとき、すぐ房吉親分が賽銭箱の下を確かめに行きました。戻って来て、まだ文があると……。あっ」

新八が気がついて短く叫んだ。

「そうです。房吉親分はやはり文を懐に隠し、戻って来て、文はまだあると告げたのです。それから、四半刻して、皆で第六天神社に戻りました。今度は新八さんが見に行きました」

「すでに、房吉親分が懐に入れたあとだった……」

新八は唖然とした。

「そう考えないと、説明がつきません」

「確かにそうですが、でも、どうして房吉親分はそんなことを……」

新八は戸惑いぎみに呟いた。

「鏑木さんと房吉親分はつるんでいたのでしょう」

栄次郎は憤然と言う。

「闇夜の烏の正体は鏑木さんと房吉親分ということですか」

新八は声を震わせた。

「そうです。当麻の弥三郎を利用しただけではないかと」

「由蔵と勘助が一千両の在り処を聞き出すためというのは偽装だということですね」

「ええ。鏑木さんと房吉親分は何らかの事情から庄蔵、政吉、そして益三の三人を殺す必要があった。そのために、今回のことを仕組んだのでは」

栄次郎は想像する。

「崎田さまに頼んで、私と新八さんを引き入れたのは闇夜の烏がいると我々に思わせるためだったと思います」

「片棒を担がされたというわけですか」

新八は口許を歪めた。

「ええ、私は闇夜の烏は由蔵と勘助だということを疑いもしませんでした。しかし」

栄次郎は深呼吸をし、

「今話したことに何の証《あかし》もありません。崎田さまに訴えても信用してもらえないでしょう。鏑木さんも当然否定するでしょうし」

「では、どうしたら？」

「まず、鏑木さんと殺された三人との関係を探るのです。おそらく、三人とも何らかの事件を起こし、鏑木さんに目をつけられたことがあるのではないでしょうか」

栄次郎は続ける。

「鏑木さんの受け持ちは芝から京橋、鉄砲洲周辺です。庄蔵は半年前に阿部川町の万両長屋に越して来たということです。それ以前は、芝から京橋、鉄砲洲周辺に住んでいたのではないでしょうか。政吉と益三も同じです」

「わかりました。調べてみましょう」

「手を貸していただけますか」

「もちろんです。このまま、黙っていられません」

新八は気負って言い、

「これから、万両長屋の住人や庄蔵が行きつけの呑み屋などに聞き込みをかけ、以前はどこに住んでいたのか聞き出してきます」

「お願いします。私は、今夜崎田さまがいらっしゃるので、お秋さんの家に戻ります」

「明日、昼前にお伺いします」

そう言い、新八は阿部川町に向かった。

栄次郎はお秋の家に戻った。

二階に行くと、部屋はもう暗かった。すぐにお秋も上がって来て、行灯に灯を入れた。

「崎田さまがお見えになったら教えてください」

「あっ、さっき使いのひとが来て、旦那は今夜は来られないと」

「そうですか」

奉行所に批判が集まりだして、その対応に追われているのだろうか。

「栄次郎さん。旦那はとても参っている様子なの」

お秋は細い眉根を寄せた。

「そうでしょうね」

栄次郎は胸がつかえた。

闇夜の烏は鏑木と房吉が企んだことだと知ったら、崎田孫兵衛はどれほどの衝撃を受けることか。

闇夜の烏が捕まらない以上に、奉行所には打撃だ。なにしろ、現役の同心が三人もの人間の命を奪っているかもしれないのだ。

もっとも、栄次郎の想像が間違っていることもあり得る。あまりに、闇夜の烏が神出鬼没なので、それに翻弄されて鏑木を疑うようになってしまったのかもしれない。

そうであって欲しいと思ったが、栄次郎の心は暗く沈んだ。

「旦那。どうなるのかしら。責任をとらされるの？」

お秋は不安そうにきいた。

「崎田さまは与力の筆頭ですからね。部下の失敗の責任をとらされることはまああるでしょう。でも、そんなことは崎田さまはなんとも思っていないはずですよ」

「栄次郎さん、どうか旦那の力になってあげて」

「だいじょうぶです。私も崎田さまの力になります」

栄次郎はお秋をなぐさめた。

だが、もし栄次郎の想像が当たっていたら、今以上に孫兵衛を追い込むことになるかもしれない。そう思うと、胸を掻きむしりたくなった。

だが、どんな結果が待ち受けようと真相を暴かねばならないのだと、栄次郎は自分を鼓舞した。

五

翌日、朝餉のあと、兄の部屋に呼ばれた。

栄次郎は兄と差し向かいになった。

「南町は闇夜の烏の捕縛に失敗したようだな。闇夜の烏との繋がりが途切れ、手掛かりはまったくないと」

兄が切り出した。

「はい」

栄次郎は素直に答え、

「やはり、お目付のほうでも問題に？」

「当麻の弥三郎の手下からの脅迫状に何の手立ても出来ず、三人もの命が奪われた。その手下はのうのうと市井《しせい》で暮らしている。幕閣でも、問題になっているようだ。南町のお奉行の責任を問う声が高まっているようだ」

「しかし、下手人を捕らえるのはまだこれからだと思いますが、ずいぶん早い段階で、上のほうが騒いでいるようですね」

栄次郎は戸惑った。

「じつは火盗改だ。お頭の古川大蔵さまが若年寄に南町の失態を訴えたらしい。殺人鬼が野放し状態だと」

火盗改は若年寄支配である。

「そうですか。火盗改が……」

やはり、火盗改は当麻の弥三郎を横取りされたと、南町に含むところがあったようだ。ここぞとばかりに、南町を叩こうとしているのだ。

筆頭与力の崎田孫兵衛どころか、お奉行の罷免に発展しかねない。

「見通しはどうだ？」

兄がきいた。

「じつは……」

栄次郎は言いさした。

「いえ」

「なんだ？」

「私なりに事件の真相を探っています」

「事件の真相？」

兄が聞きとがめた。

「真相とはどういうことだ？　当麻の弥三郎の手下がお頭を奪い返そうとして南町を脅迫してきたという事件ではないのか」

「上辺《うわべ》は」

「なに、上辺だと？」

「兄上。私の想像だけで、何の証もなく、まだお話し出来る段階ではありません。どうか、もう少しお待ちください」

栄次郎は訴える。

「栄次郎、そなたもとんだことに巻き込まれたな」

兄は心配そうに言う。

「いえ、この先のことは、自ら乗り出していることです」

栄次郎はきっぱりと言った。

「わしに出来ることがあったら、何でも言うのだ」

「ありがとうございます」

栄次郎は頭を下げた。


本郷の屋敷を出て、元鳥越町にある師匠杵屋吉右衛門の稽古場に行き、久しぶりに稽古をつけてもらってから浅草黒船町に向かった。

お秋の家に着くと、すでに新八が来ていた。

「すみません。早過ぎました」

「いえ」

栄次郎は新八と向かい合った。

「何かわかったのですか」

新八の顔色を見て、栄次郎は察した。

「庄蔵は阿部川町に来る前は、芝露月町《ろげっちょう》にいたようです」

「やはり、そうでしたか。でも、よくわかりましたね」

栄次郎はきいた。

「庄蔵の行きつけの呑み屋で聞き込んでいたら、庄蔵とよくいっしょになるという職人がいました。その職人が庄蔵から聞いていたのです。芝露月町にいたと」

新八は続ける。

「職人が言うには、芝露月町にいられなくなってこっちに逃げて来たようだと」

「何か仕出かしたんですね」

鏑木と房吉との因縁が想像された。

「それから、庄蔵はかみさんがいたようだと、その職人が言ってました。何があったかわかりませんが、かみさんと別れて阿部川町にやって来たようです」

「よく調べてくださいました」

「これから、芝に行ってみますか」

「ええ、行きましょう」

栄次郎は即答した。

一刻（二時間）後、栄次郎と新八は芝露月町にやって来た。

自身番できくと、鏑木と房吉の耳に、こっちの動きがわかってしまうので、慎重に調べないとならなかった。

栄次郎と新八は木戸番屋に寄った。

木戸番屋で荒物を売っていて、三十歳ぐらいの男が店番をしていた。番太郎のようだ。

「ちとお伺いします」

新八が番太郎に声をかける。

「へい」

番太郎が目をこすりながら立ち上がって来た。居眠りでもしていたのか。

「じつは半年前までこの町内に住んでいた庄蔵というひとの知り合いを探しているんですが」

「庄蔵さん？」

番太郎は栄次郎にも顔を向けた。

「ええ、ご存じじゃありませんか」

新八が確かめる。

「知りませんね。そのひとがどうかしたんですか」

番太郎が逆にきいた。

「じつは、半月前に殺されました」

「殺された？」

番太郎は目をいっぱいに見開いた。

「ええ。とうに葬式も済んでいるんですが、半年前までこちらのほうに住んでいて、おかみさんもいたらしいことがわかりましてね。どうして、別れたのか知りませんが、亡くなったことだけでも知らせたいと……」

「そうですかえ。だったら、自身番できいてみたら」

「そうなんですが、どうも庄蔵さんはこちらにいるとき、同心の鏑木さまや房吉親分の厄介になったことがあるらしいんです。それで、鏑木さまや房吉親分に気づかれないように、おかみさんに会いたいんです。自身番できいたら、お耳に入ってしまうんじゃないかと心配で」

新八の適当な言い訳に納得したのか、番太郎は頷き、

「じゃあ、こうしましょう」

と、思いついたように口にした。

「あっしが探しているってことにして、自身番で庄蔵さんのことをきいてきます」

「そうしていただけると助かります」

新八は礼を言う。

栄次郎も頭を下げた。

さっそく、番太郎は通りの向かいにある自身番に向かった。

すぐ戻って来るかと思ったが、なかなか戻らない。途中で、新八が様子を見に行った。

「熱心に家主の話を聞いてます」

新八が報告する。

四半刻（三十分）後にやっと番太郎が戻って来た。

「わかりました」

少し興奮していた。

「庄蔵のこと、あっしも思い出しました」

今度は庄蔵のことを呼び捨てにした。

「何かあったのですか」

新八がきいた。

「ええ。今年の三月はじめ、芝口橋《しばぐちばし》の近くで、遊び人の梅助《うめすけ》という男が匕首《あいくち》で刺されて殺されたんです」

思わず、栄次郎と新八は顔を見合わせた。

「殺しの疑いでいったん捕まったのが庄蔵だそうです」

「なぜ、庄蔵が?」

新八がきく。

「梅助は庄蔵のかみさんと出来ていたらしいんです。その恨みから、庄蔵は梅助を殺したのではないかと。庄蔵は定町廻りの鏑木の旦那に捕まって大番屋で取り調べを受けたそうです。ところが、梅助が殺されたと思われる頃、庄蔵は別の場所にいたことがわかったということです」

「誰かといっしょだったのですか」

栄次郎ははじめて口をきいた。

「ええ、庄蔵といっしょだったと証言した男がいたようです。それが誰かなど、詳しいことは家主も知りませんでしたが、そういう経緯があって、大番屋から庄蔵は解き放たれました。ですが、鏑木の旦那は納得していなかったようです」

「実際はどうだったのですか、庄蔵さんのおかみさんと梅助さんは?」

栄次郎は確かめる。

「それがわからないそうです。もちろん、かみさんは否定していますし……。ただ、庄蔵のかみさんはかなりな美人だったそうです。ですから、結構男が言い寄っていたらしい。庄蔵は嫉妬からいつもかみさんに辛く当たっていたようだと、家主が言ってました」

「かみさんは今も町内に？」

「いえ、梅助が殺されたあと、庄蔵と別れてどこかへ行ってしまったそうです。それから、庄蔵も引っ越して行ったということです」

「そういうことでしたか」

栄次郎は呟き、なんとなく鏑木の胸の内が想像出来た。

「庄蔵とかみさんが暮らしていたのはどこか、聞きましたか」

新八がきいた。

「民右衛門店《たみえもんだな》です。すぐわかります。惣菜屋と下駄屋の間の木戸です」

番太郎は言い、

「かみさんの行方は長屋の住人も知らないと思いますよ」

と、付け加えた。

「ええ。でも、念のために行ってみます」

栄次郎と新八は礼を言い、民右衛門店に足を向けた。

「鏑木さんは庄蔵さんが逃げたと思っているのでしょうか。つまり、梅助さんを殺したのは、やはり庄蔵さんだと……」

栄次郎はそうに違いないと思った。

「ほんとうはどうなのでしょうか」

新八はきいた。

「庄蔵さんといっしょにいたという男が気になりますね。会ってみたいですが、この男のことは鏑木さんか房吉親分にきかないとわからないでしょうね」

「あっ、そこです」

新八が惣菜屋と下駄屋を見つけた。

長屋木戸を入る。井戸の近くで、木箱に腰を下ろして莨を吸っている年寄りがいた。こちらをじっと見ている。不精髭が生え、頑固そうな顔をしている。

栄次郎は近付いて声をかけた。

「お伺いしたいのですが」

「わからんよ」

まだ何も言わないうちに口にした。

「庄蔵さんとおかみさんのことです」

「………」

　年寄りは不思議そうな顔をした。

「半年ほど前まで、こちらに住んでいたとお聞きしたのですが」

「どうだったかな」

　年寄りは新たに刻みを丸めて火皿に詰めた。

「庄蔵さんが亡くなったことはご存じですか」

「………」

　そのとき、新八が呼んだ。

　振り向くと、新八が腰高障子を開けて顔を覗かせている丸顔の女と話していた。

「失礼しました」

　栄次郎は年寄りに言い、新八のところに行った。

「庄蔵さんのおかみさんがどこに引っ越して行ったかわかりませんか」

　新八が改めてきいた。

「あんなことがあったんで、逃げるように長屋を出て行きましたからね。誰も、お園《その》さんの行先は知りませんよ」

「おかみさんはお園さんというのですか」

「そうです」

「あんなことって、庄蔵さんが殺しの疑いで捕まったということですね」

「ええ」

「おかみさんが不義を働いていたというのはほんとうなのでしょうか」

新八がきくと、丸顔の女は困ったように首を横に振った。

「そんなことわかりません」

「不義を働いていたのはほんとうだ」

背後で、声がした。

さっきの年寄りが背後にやって来ていた。

「梅助という男とお園がひそかに会っているところを見たことがある」

年寄りは口にした。

「お園は色っぽい女だ。男が放っておかねえ。あんな女が女房じゃ、亭主も安心して働きに出られねえ」

「夫婦仲はどうだったんですか」

栄次郎はきいた。

「いつも喧嘩をしていた。庄蔵は嫉妬に駆られてかっとなると、お園に殴る蹴るの乱暴を働いていた」

「ほんとうですか」

栄次郎は女にきいた。

「ええ。酒が入ると、ひとが変わったようになって」

「そのたびに、長屋の男連中が仲裁に入ったものだ」

年寄りは顔をしかめた。

「だが、俺に言わせりゃ、お園もいけねえ」

「どうしてですか」

「男にすぐ媚《こび》を売る」

「そうですか」

栄次郎はもう一度女にきく。

「そんなことはないと思いますけど」

「女にはわからんよ」

年寄りは冷笑を浮かべた。

「ふたりはどういう経緯で所帯を持ったのでしょう」

栄次郎はきいた。

「お園の器量なら、もっとましな男がいくらでもいたと思うがな」

年寄りは口許を歪めた。

「庄蔵さんは最初は真面目で働き者だったそうですよ。お酒だってそんなに呑まなかったようで」

女が言う。

「そうだ。庄蔵もお園みたいな女とくっつかなければ、まっとうに生きていけたんだ」

年寄りはお園を批判した。

「お園さんの行先は誰も知らないでしょうか」

「知らないだろうな。なにしろ、お園は庄蔵から逃げるように出て行ったんだ。行き先を嗅ぎつけられないように、誰にも言っていないはずだ」

「お園さんと親しいひとは?」

「ときたま訪ねて来た女のひとがいました」

女が答える。

「誰かわかりませんか」

「以前にお園さんが働いていた料理屋の朋輩だそうです」

「お園さんは料理屋で働いていたのですか。どこの料理屋ですか」

「神明宮《しんめいぐう》前にある『牧《まき》むら』さんです」

女は答える。

「料理屋で働いていたのは所帯を持つ前ですか」

「いえ。所帯を持ったあとです。庄蔵さんは野菜の振り売りをしていましたが、早くお店を持ちたいからと、お園さんが働き出したんです」

「それがいけなかったんだ。お園は料理屋の女中になってから、すっかり変わってしまった。庄蔵もな」

年寄りは口をはさんだ。

「一度、庄蔵さんは梅助という男を殺した疑いでお縄になりましたね」

栄次郎は年寄りの顔を見る。

「ああ。でも、すぐお解き放ちになった」

「庄蔵さんといっしょだったという男の証言で疑いが晴れたということですが」

「そうらしいな」

「その男は何という名かわかりませんか」

「知らないな。ただ、若い男だったそうだ」

年寄りはぶっきらぼうに言う。

「若い男？」

栄次郎の脳裏にある男の姿が掠めた。

まさかとは思うが、調べてみる必要があると思った。

その後、いくつか確かめてから、栄次郎と新八は長屋をあとにした。

それから、神明宮前にある『牧むら』という料理屋に行った。

黒板塀に囲われた二階建ての大きな料理屋だった。

新八が中に入って行き、女将《おかみ》を呼んでもらった。

お園のことを尋ねると、

「お園が辞めたのは半年も前ですからね」

と、何も知らないと言った。

「お園さんと親しかった女中さんはいらっしゃいませんか」

「ええ、おります。およしです。少々お待ちください」

女将は奥に引っ込み、すぐ若い女を連れて戻って来た。

「およしです」

女将が引き合わせる。

「お園さんのことだそうですけど、私も今どこにいるのか知らないんです」

およしが口にした。

「誰にも行き先を告げずに引っ越して行ってしまったんですね」

新八が言う。

「ええ。ご亭主に居所を知られたくないからでしょう」

およしは答えた。

「その後、お園さんから何の連絡も？」

「ありません」

およしは寂しそうに言った。

栄次郎と新八は料理屋を出て帰途についた。

「新八さん。まさかとは思うのですが、庄蔵さんの無実を訴えた若い男が政吉、あるいは益三ということはないでしょうか」

「なるほど。そうだとすると、庄蔵と政吉か益三は梅助殺しで仲間だったということになりますね」

新八は言い、

「なんとか、庄蔵の無実を訴えた若い男を探り出してみましょう」

と、気負い立った。

「その男については崎田さまにきいてみます」

栄次郎が知りたがっていることを鏑木に隠して、孫兵衛に調べてもらおうと思った。

「新八さんは、お園さんの行方を探っていただけませんか」

「わかりました」

いずれにしろ、庄蔵殺しには鏑木と房吉が絡んでいることが濃厚になった。闇夜の烏の件以上に、たいへんな事態になってきたと、栄次郎は深くため息をついた。

第三章　もうひとりの男

一

　仙台堀《せんだいぼり》の水も流れを止め、堀端の柳も葉を落とし、陽差しも弱く、冬に入ったと思わせるように風も冷たい。

　栄次郎は冬木町の十徳長屋に行き、大家を訪ねた。

「また、教えていただきたいのですが」

「なんでしょう」

「政吉さんは二年前からここに住んでいたということでしたね」

「そうです」

「庄蔵という男が政吉さんを訪ねていたかどうか知りたいのです。店子《たなこ》のみなさんにきいてみたいのですが」

栄次郎は申し入れた。

「ほとんど訪ねて来るひとはいなかったようですが。いいでしょう、いっしょに行きましょう」

大家は気安く言い、外に出て来た。

大家の案内で、一軒一軒訪ねては政吉の客についてきいた。だが、やはり、庄蔵らしき男を見かけた者はいなかった。

最後にきいた職人のかみさんが、

「政吉さんが男のひとと会っているのを見たことがありますよ」

と、思い出したように口にした。

「どこでですか」

「富ケ岡八幡宮《とみがおかはちまんぐう》の境内です」

「男の顔を見ましたか」

「いえ、後ろ姿だけです。でも、若そうな感じでした」

庄蔵かどうかわからない。

「政吉さんはどの辺りまで小間物の行商にまわっていたのでしょうか」

「神田、日本橋から木挽町《こびきちょう》、京橋のほうだと言ってました」

「政吉さんは金回りがよかったそうですね」

長屋の者が、高級料理屋の『平清』という料理屋から出て来る政吉を見たという。

「後家さんとかお妾《めかけ》さんとか、上客を摑んでいたようですよ」

かみさんが言った。

「政吉から聞いたのか」

大家がきいた。

「ええ。ほら、いつか政吉さんが長屋のみなに稲荷《いなり》寿司を買って来たことがあったじゃありませんか。そのとき、政吉さんがぼそっと言ってました」

「そうか。あの政吉は後家さんには好かれそうだったな」

大家はしんみり言う。

「まだ、闇夜の烏っていう人殺しは捕まらないのですか。奉行所は何をしているんでしょうね」

かみさんは顔をしかめた。

「この界隈を受け持っている同心や岡っ引きの親分さんは何と言っているんですか」

「あまり、ここに来ません」

かみさんの言葉を大家が引き取り、

「闇夜の烏の探索は鏑木という同心の掛かりということだからな」

と、口にした。

政吉と庄蔵の繋がりの証は得られなかったが、小間物の行商の政吉と野菜の振り売りの庄蔵は出先で知り合った可能性もある。

政吉が庄蔵の無実を訴えたのだとしたら、ある筋書きが見えてくる。

栄次郎は礼を言い、長屋をあとにした。

鏑木は、梅助を殺したのは庄蔵で、政吉を共犯として見ているのではないか。だが、牢送りに出来なかった。そこで、房吉と組んで、私刑を……。

もし、私刑だとしたら、益三もなんらかの事件を引き起こしながら、捕縛出来なかったということがあったのかもしれない。

そのために、闇夜の烏を作り上げて下手人に仕立てた。だが、まだうまく説明出来ないところがある。

もっとも大きな疑問は、いくら庄蔵を裁くことが出来なかったとはいえ、闇夜の烏を作り上げてまで庄蔵に制裁を加えなければならなかったのかということだ。

それとも、もっと強く庄蔵を始末しなければならない理由があったのだろうか。

その考えでいけば、益三も何かで、鏑木に目をつけられていたことになる。

庄蔵をはじめとして三人は匕首で殺されていた。鏑木がわざと刀ではなく匕首を使ったとも考えられるが、手を下したのは房吉ではないか。

栄次郎は永代橋を渡って、霊岸島に向かった。


岡っ引きの和助の住まいがある霊岸島町に行ったが、すでに出かけていた。いくつかの自身番を訪ねて、ようやく和助と会うことが出来た。

「和助親分、またお訊ねしたいことが」

栄次郎は自身番から出て来た和助に声をかけた。

「なんですね」

「房吉親分のことです。もともと芝界隈のならず者だったということですね。ゆすりやかっぱらい、喧嘩などに明け暮れていた男だと」

「まあ、岡っ引きなんてのは、そういった類《たぐい》の人間です。そういうあっしだって、同じようなものです」

和助は自嘲した。

「房吉親分は喧嘩で相手を怪我させたこともあったんでしょうね」

「怪我どころか、ひとを殺したこともあったっていう噂も……」

「ひとを殺した？」

栄次郎はきき返した。

「あくまでも噂です。五年前、いっしょにつるんでいた仲間のひとりが増上寺《ぞうじょうじ》の裏で死体で見つかったことがありました。下手人は房吉ではないかという噂があったんです。その後、房吉の疑いは晴れて、いつの間にか鏑木の旦那の手先になっていました」

「疑いが晴れたのですね」

栄次郎は確かめる。

「ええ。そうでしょうね」

和助は曖昧に言う。

「ひょっとして、和助親分は房吉親分が殺ったのだと？」

「わかりません。ただ、下手人は見つかりませんでしたから」

「鏑木さんが下手人を見つけ出せなかったのですか」

「そうです。殺された男は性悪な人間だったので、鏑木の旦那はあまり熱心に探索もしなかったようですがね。その上で、房吉を手先にした。なんとなく、あっしは

「……」

やはり、和助は房吉を疑っていたようだ。

「和助親分は当時の房吉をご存じだったのですか」

「ええ。七年前にこっちの縄張りで起きた窃盗事件に、芝のならず者が絡んでいることがわかって、聞き込みに行ったことがあります。そのとき、房吉も調べました。当時、二十五、六歳でしたが、なかなかしたたかな男でした。結局、何も摑めないままでしたが、その二年後に、房吉の仲間が殺された。その後、鏑木の旦那の手先になり、手札までもらって親分と呼ばれるようになったのには驚きましたよ」

和助は冷笑を浮かべた。

「そんな因縁があったのですか」

「ええ。あんときの男が今じゃいっぱしの岡っ引きですからね」

和助は渋い顔で言ってから、

「房吉が何か」

と、きいた。

「ええ、じつはちょっと気になることがあって。まだ、詳しいことはお話し出来ないのですが」

栄次郎は答えたとき、はっと気づいた。

「和助親分。お願いがあるのですが」

「なんですね」

「最初に、闇夜の烏の犠牲になった庄蔵という男は半年ほど前まで、芝の露月町に住んでいました。半年前に、芝口橋の近くで梅助という男が殺されたのです。この梅助は庄蔵のおかみさんと……」

栄次郎は庄蔵が梅助殺しの疑いをかけられて解き放ちになるまでの経緯を語り、「庄蔵の無実を訴えた若い男のことが知りたいのです。和助親分の力で、この若い男を探り出すことは出来ませんか」

栄次郎は急いで付け加える。

「鏑木さんや房吉親分には内密に」

「内密？」

「はい」

孫兵衛に頼むつもりだったが、和助に頼んだほうが秘密が守られると思った。

和助は何かを察したように、

「わかりました。あっしの旦那にひそかに調べてもらいますよ」

と、請け合ってくれた。

「その代わり」

和助が鋭い目をくれ、

「矢内さんが何を調べているのか、話していただけますかえ」

と、迫った。

「わかりました。お話しいたします」

和助ならこっちの考えを話しても問題はないと思った。

「それから、もうひとつ」

と、栄次郎は続けた。

「殺された益三さんも芝に住んでいたか、なにがしかの関わりがあったかどうか、調べていただけませんか」

「芝にですか」

和助の目が鈍く光った。

「はい」

栄次郎は頷く。

「いいでしょう」

和助は応じ、

「わかったら、お知らせに上がります。どちらに？」

と、きいた。

「わざわざ、来ていただくのは……」

「構いませんよ」

和助はあっさり言う。

「わかりました。浅草黒船町にお秋というひとの家があります」

栄次郎はお秋の家を指定した。

和助と別れ、栄次郎は霊岸島から浅草黒船町に向かった。

房吉の過去を知るにつれ、ますます自分の想像が間違っていないような気がした。

お秋の家に戻り、三味線の稽古をしていると、あっという間に日が暮れてきた。いつの間にか、行灯が仄かに灯っていた。

それから、しばらくして、お秋がやって来た。

「栄次郎さん、旦那がお見えよ」

「わかりました」

栄次郎は三味線を片づけ、部屋を出た。

階下に行き、居間に入る。

いつものように、孫兵衛が長火鉢の前に厳しい顔で座っていた。

「崎田さま。今は厳しい状況のようですね」

栄次郎はきいた。

「ああ、耐えるしかない」

孫兵衛は言ったが、声は意外と元気だった。

「見通しはどうなんですか」

「今、鏑木が、最近になって金遣いが荒くなった者を調べている」

「闇夜の烏が、目立つような金の使い方などするはずはないと思いますが」

栄次郎は異を唱える。

闇夜の烏の正体は鏑木と房吉だと言いたかったが、まだその段階ではなかった。今、口にしても信じてもらえまい。

「もし、このまま、闇夜の烏が捕まらなかったら、どうなりますか」

「…………」

孫兵衛は長煙管を取り出し、莨盆を引き寄せた。

刻みを火皿に詰め、赤く燃えた炭で火を点《つ》ける。大きく煙を吐いてから、

「批判を甘んじて受けるしかない」

と、言った。

「崎田さまが責任をとらされることは？」

「闇夜の烏のことは奉行所に大きな落ち度があるわけではなく、たいした責任問題にはならぬ。ひとが三人殺されたが、当麻の弥三郎は重病で解き放ちなど出来ない状態だったのだ。奉行所としては何も出来なかったが、これは仕方ないこと。お奉行もそう仰ってくださっている」

「そうですか」

栄次郎は胸が詰まる思いだった。

闇夜の烏は鏑木と房吉が作り上げたもので、殺しを続けていたのはこのふたりかもしれないのだ。

同心と岡っ引きが法で裁けない悪人を処罰したのだとしても、奉行所の同心がひと殺しをするのは決して許されることではない。

配下の同心の殺しは、筆頭与力としての責任をもろに問われるのではないか。

「崎田さま」

思わず、栄次郎は声を発していた。

「なんだ？　妙な顔をして」

孫兵衛は栄次郎の顔を見た。

「いえ、なんでも」

栄次郎はあわてて言った。やはり、まだ鏑木の疑惑を口にすべきではないと、思い留まった。

「なんでもなくはあるまい。何か、言いかけたのではないか」

孫兵衛は鋭い目をくれた。

「私も手を貸した手前、今回の始末では責任を感じています」

栄次郎はあえてそう言った。

「そなたは関係ない」

孫兵衛はきっぱりと言い、

「わしが引っ張り込んだために、そなたにも辛い思いをさせてしまった。このとおりだ」

と、頭を下げた。

「とんでもない。どうぞ、お顔を上げてください」

栄次郎は声をかけたあとで、

「私と新八さんを探索に加えたのは崎田さまのお考えなのですか」

と、確かめた。

「最初は鏑木が奉行所の人間以外の者に文を届けてもらったほうが、相手を刺激しないですむのではと言いだしたのだ。それもそうだと思い、そなたと新八の手を借りることにしたのだ」

「鏑木さんが崎田さまに頼んだのですね」

「そうだ。わしに誰かいないかと言うので、そなたを」

「やはり、そうですか」

「やはりとは?」

「いえ」

鏑木は自分が疑われないように用心して、栄次郎と新八を証人として利用したのだ。

だが、鏑木には誤算があった。ふたりは中途半端なまま、引き下がるような男ではない。このことを、必ず思い知らせてやると、栄次郎は誓った。

が、それは孫兵衛を追い込むことになるのだ。栄次郎はそのことを考え、胸を痛めた。

二

翌朝、元鳥越町の師匠の家に行き、三味線の稽古をつけてもらった。

稽古を終えたあと、師匠が改まった口調で、

「吉栄さん」

と、呼びかけた。

「はい」

栄次郎は思わず畏《かしこ》まった。師匠が何を言うかわかっていた。

「ここひと月ばかり、心が余所《よそ》にありますね。音締めも悪く、間も微妙にずれています。三味線を弾くときにはその世界に入り込まないといけません」

やはり、師匠には見抜かれていた。

闇夜の鳥の件が心に引っ掛かっている。稽古に向かうときは自分では忘れているつもりでいたが、やはり師匠の耳はごまかせなかった。

「申し訳ありません」

「心に引っ掛かることがあっても、普段と変わらずに音を出せなければ、三味線弾き

として大成はしません。確かに、素人には音締めの悪さも間の狂いも気づかれないでしょう。でも、それで済ませてしまってはいけません」

「はい」

返す言葉はなかった。

師匠の家を出たとき、冷たい風が顔に当たった。

栄次郎は自分の弱点をよくわかっていた。師匠の叱責を重く受け止めながら、黒船町のお秋の家に着いた。

戸を開けて、土間に入ると、尻端折りして、羽織を着た男が土間の隅に立っていた。

「和助親分」

「待たせていただきました」

和助は近付いて来た。

「お二階でお待ちになるように言ったんですけど」

お秋が出て来て言う。

「いえ、ここで結構で」

和助は遠慮した。

「和助親分、上がってください」

栄次郎は勧める。

「では」

和助は上がった。

二階の部屋で、向かい合った。

「さっそくですが、梅助殺しで捕まった庄蔵の疑いを晴らした若い男がわかりました」

和助が切り出した。

「誰ですか」

栄次郎は思わず身を乗り出した。

「木挽町の反物屋『丹波屋《たんばや》』の菊太郎《きくたろう》という若旦那です」

「若旦那？」

栄次郎はきき返す。

「ええ。菊太郎に会って話を聞いてきました。庄蔵は野菜の振り売りをしていますが、『丹波屋』の台所にもよく顔を出していたそうです。それで、菊太郎は庄蔵とも顔なじみになっていたそうです」

和助は語りだす。

「今年の三月はじめ、菊太郎の子どもが誤って三十間堀《さんじつけんぼり》に落ちてしまった。そのとき、たまたま通り合わせた庄蔵が堀に飛び込んで助けたそうです。その礼に後日、菊太郎は庄蔵を木挽町の料理屋に招いたことがあったそうです。まさに、同じ時刻、芝口橋の近くで梅助という男が殺されたと」

和助は続ける。

「したがって、菊太郎だけでなく、料理屋の女将や女中も庄蔵の無実を明らかに出来たのです」

「そうでしたか」

疑わしいままで解き放ちになったわけではなく、庄蔵の無実は明らかだったのだ。

だが、鏑木はそれで納得したわけではなかった。庄蔵は政吉に梅助殺しを依頼したと考えたのではないか。

「和助さん。菊太郎さんに話を聞いてみたいのですが」

「わかりました。ご案内しましょう」

栄次郎は頼んだ。

「いえ、場所を教えてくだされば」

「なあに、わけはありません。それに、お上の御用を預かる者がいっしょのほうが向こうも警戒しないでしょうから」

和助はにこやかに言う。

「そうですね。では、お願いいたします。これからいいですか」

「もちろんです」

栄次郎と和助は腰を上げた。


一刻（二時間）後、栄次郎と和助は木挽町の反物屋『丹波屋』の客間にいた。

菊太郎は二十七、八歳ぐらいの色白の男だった。額が広く、聡明そうな感じだった。

「庄蔵さんは殺されたそうですね」

菊太郎が表情を曇らせてきいた。

「ええ、半月余り前に、稲荷町で匕首で刺されて……」

「なぜ、殺されなくてはならなかったのでしょう。ほんとうに、不運続きでしたね、庄蔵さんは」

菊太郎はやりきれないように言う。

「庄蔵さんは半年前に芝の露月町から浅草阿部川町に引っ越していたんです。阿部川町にいることはご存じでしたか」

「いえ、知りませんでした」

菊太郎は首を振った。

「庄蔵さんが梅助殺しの疑いをかけられたのを、あなたが助けたそうですね」

栄次郎は口にする。

「助けただなんて大袈裟なものではありませんよ。ただ、梅助というひとが殺された時刻は料理屋で私といっしょだったと訴えただけです。私の子どもを助けてもらった礼に、料理屋にお招きをしたのです」

「そのときの庄蔵さんの様子はいかがでしたか。何かを気にしているようだったとか、落ち着きがなかったとか」

栄次郎が言うと、菊太郎は不思議そうな顔をし、

「同じことを、鏑木という同心からきかれました」

と、答えた。

「そうですか」

やはり、鏑木は庄蔵が誰かに梅助を殺させたのだと考えていたのだ。ようするに、庄蔵の疑いを解いていなかったのだ。

「で、庄蔵さんの様子はどうだったのですか」

「何かを気にしている様子は少しもありませんでした。ただ、少し気が立ってるようでした。酒の呑み方も乱暴で」

「どうしてでしょうか」

「きいたら、おかみさんとの仲が悪くなって、そのことを気に病んでいるようでした」

菊太郎が哀れむように、

「何度も大きなため息をついていましたよ」

と、口にした。

「鏑木という同心にもそう話したのですね」

「ええ」

「どうでしたか」

「気が立っていたことを問題にしていました」

菊太郎は苦い顔をした。

「そうですか」

仲間が梅助を殺しにかかっているからだと、鏑木は考えたのだろうか。

「なぜ庄蔵さんが疑《うたぐ》られたのか、ご存じですか」

栄次郎はきいた。

「同心から聞かされました。庄蔵さんのおかみさんが梅助という男と親しかったそうですね。それで、庄蔵さんは梅助を恨んで……」

「庄蔵さんの口からそのことを聞きましたか」

「いえ、いくらなんでもきけませんでした」

「あなたの訴えで、庄蔵さんの疑いが晴れたわけですが、自由になったあとの庄蔵さんの様子はどうでしたか」

「お解き放ちになっても、少しもうれしそうではなかったですね。それに、大番屋で一晩過ごした間に、おかみさんはどこかに行ってしまったというので、かなり落ち込んでいました」

「大番屋で一晩過ごした間に、いなくなってしまったのですか」

栄次郎はそのことに引っ掛かった。一晩のうちに決心し、逃げ出したとは思えない。新しい住まいも用意していなければならない。

前々から、かみさんのお園は庄蔵から逃げ出す機会を窺っていたとしか思えない。梅助のところに行くつもりだったか。

しかし、梅助が殺されたのだから、その可能性はない。

ひょっとして、お園には新しい男がいたのではないか。

「庄蔵さんはおかみさんを捜したのでしょうか」

「ええ、捜しまわっていたようですが、庄蔵さんも引っ越して行ったようで……。それきり、音沙汰はありませんでした。まさか、殺されていたなんて」

菊太郎は沈んだ声で言った。

「梅助という男について、何か聞いていますか」

「芝界隈の地廻りだそうです。苦み走った男で、おかみさんが料理屋で働いていたときの客だったそうです」

菊太郎は鏑木から聞いた話をした。

「おかみさんは料理屋で働いていたのですか」

「庄蔵さんと所帯を持ったあとだそうです」

菊太郎は続けた。

「おかみさんは、所帯は持ったもののうだつのあがらぬ庄蔵さんに愛想をつかし、梅助に走ったと鏑木の旦那が言ってました」

「おかみさんと梅助さんが深い関係になっていたのは間違いないのですね」

「そうみたいです。梅助という男が現れたことが、庄蔵さんを不幸に……」

菊太郎はやりきれないように言う。

「わかりました。いろいろありがとうございました」

栄次郎は礼を言った。

外に出てから、

「矢内さん、何かわかりましたか」

と、和助がきいた。

「どうもすっきりしません」

栄次郎は正直に言う。

「鏑木さんは、庄蔵さんが誰かを使って梅助さんを殺したと見ているようですが、庄蔵さんにそういう仲間がいたとは思えません。それなのに、鏑木さんは、そう考えているようです。いったい、その根拠がなんなのか」

栄次郎は疑問を口にした。

「矢内さん。ひとつ、お訊ねしてよろしいですか」

和助が畏まってきく。

「ええ、どうぞ」

「鏑木の旦那が、庄蔵が誰かを使って梅助を殺させたと見ているとのことですが、鏑木の旦那がそう見ているると、どうしてわかるのですか」

　和助が逆にきいてきた。

「仮にそうだったとしても、鏑木の旦那はもう梅助殺しの探索をしている様子はありません。なのに、矢内さんは何を調べているのですか」

「和助親分の疑問はもっともです」

　栄次郎は素直に応じた。

「やっぱり、あっしに何か隠していますね」

　和助は鋭くきく。

「すみません」

「なんですね、あっしに隠していることって」

「私だけの想像で、明らかな証があるわけではないので、まだお話が出来ないのです。それに、和助親分は深く関わらないほうがいいと思いまして」

「気になりますね」

「申し訳ありません。親分を巻き込まないほうがいいので」

　栄次郎は言い訳をする。

「もう、巻き込まれているんじゃないですかえ」

和助は強く言う。

「こっちに」

和助は木挽町四丁目の角を右に曲がった。

やがて、采女ヶ原に出た。馬場があり、馬の稽古をしている武士が何人かいた。

馬場の周囲には芝居や音曲などの小屋掛けが並んでいた。

そこを過ぎ、人けのないところで、和助が立ち止まった。

「鏑木の旦那は闇夜の烏の件を探索していました。その闇夜の烏の犠牲になったのが庄蔵です。その庄蔵はかつて梅助殺しの疑いで鏑木の旦那に目をつけられたことがあった。矢内さんは梅助殺しに関心があるようです。そして、鏑木の旦那に秘密で、いろいろ調べています。いったい、矢内さんが何を考えているのか」

和助はいっきに喋り、

「矢内さん。どうですか、お話しくださいませんか」

と、真剣な眼差しを向けた。

「…………」

栄次郎は馬場のほうに目を向けた。若い武士の乗った馬が走って行く。

「聞いても決して他言はしません。あっしが手札をもらっている旦那にも」

和助は言った。

今は栄次郎と新八だけだ。和助が加わってくれれば心強い。

栄次郎は振り返って、和助の鋭い視線を受け止めた。

「親分」

栄次郎は口にする。

「これはまだ証がないことです。ですから、口外はしないでいただけますか。もし、間違っていたら、たいへんなことになりますので」

「お約束いたします」

和助は厳しい表情で言った。

「闇夜の烏が奉行所を脅迫し、当麻の弥三郎の解き放ちを要求してきました。従わなければ誰彼となく殺していくと」

栄次郎は口を開いた。

「私と知り合いの新八さんが、奉行所の返事の文《ふみ》を指定された場所に置くという役目を負いました。その文は我らの目を盗んで見事に持ち去られました。詳しいことは省きますが、私は鏑木さんと房吉親分に疑いの目を向けたのです」

「…………」

何か言いたそうだったが、和助は口を閉じた。

「三人の男が殺されました。三人は何らかの形で、鏑木さんと関わりがあると考え、まず最初に殺された庄蔵さんを調べることにしたのです」

「そしたら、梅助殺しに絡んでいた……」

和助は唖然とした。

「ええ。鏑木さんは庄蔵さんを知っていたのです。にも拘《かか》わらず、鏑木さんはそのことを一言も口にしませんでした」

「………」

「鏑木さんと因縁のあった庄蔵さんが、たまたま闇夜の烏の犠牲になったということもあり得なくはありませんが、そんな偶然は考えにくいでしょう」

「まさか、庄蔵さんを殺したのは鏑木の旦那だと?」

和助は衝撃を受けたように目を剝いた。

「実際に手を下したのは房吉……」

「ばかな」

和助は動揺しながら、

「なんで、鏑木の旦那が庄蔵を殺さなければならないんですか」

と、きいた。

「鏑木さんは庄蔵さんが誰かを雇って梅助さんを殺したと信じ込んでいるようです。そして、その誰かが闇夜の烏に二番目の犠牲になった政吉さんでは……。奉行所で裁けない悪人を始末したということです」

「益三も、鏑木の旦那と関わりがあるのではないかと見ているのですね」

「ええ」

「信じられません。鏑木の旦那がいくら正義のためと信じてのこととはいえ……」

和助は呟くように言う。

「ただ」

栄次郎は首をひねり、

「闇夜の烏を仕立てる必要があったのかが疑問です。そんな危険を冒すより、こっそり始末するだけでよかったはずです。そこがわからないのです」

と正直に話し、さらに続けた。

「それに、梅助殺しから半年経っています。なぜ、この時期だったのか。そのことはわかりません。わからないことは幾つかありますが、私は鏑木さんが何か重要な役割を担っていると思います」

「とんでもない話を聞いてしまいました」

和助は厳しい顔で言った。

「和助親分には気の重い探索でしょう。ですから、これ以上の深入りはしないほうがいいかもしれません。その代わり、このことは内聞《ないぶん》に願います」

「いいえ、そこまで聞いた以上、あっしもあとには退けません。お手伝いさせてくださ い」

「でも、和助さんが手札をもらっている同心どのに内証で、勝手な振る舞いは出来にくいのでは?」

「なあに、そこはうまくやります」

和助は言い、

「庄蔵に仲間がいたかどうか、その仲間が政吉か、あるいは益三か。その辺りのことを調べてみます」

と、請け合った。

「それと、殺された梅助のことを調べていただけませんか。誰に殺されたと思っているのか、梅助の仲間にきいてくれませんか」

「わかりました」

「さっき話に出た新八さんが庄蔵さんのお園というおかみさんを捜しています。お園さんが見つかれば、何か新しいことがわかるかもしれません」

お園は庄蔵から逃げたのだ。庄蔵が死んだ今は、もう隠れる必要はない。早く見つかるような気がした。

「親分。何かあったら、浅草黒船町のお秋さんの家までお願い出来ますか」

和助と別れ、栄次郎は浅草黒船町のお秋の家に向かった。

三

お秋の家に着くと、新八が待っていた。

二階の部屋に落ち着き、栄次郎は新八と向かい合った。

「栄次郎さん、どうもいけません。お園の行方がまったく摑めないんです」

新八が嘆くように切り出した。

「長屋の住人の話だと、庄蔵が大番屋にしょっぴかれた日に黙っていなくなってしまったようです」

やはり、庄蔵が大番屋に留め置かれた日に姿を消したのだ。

「長屋の者はどう思ったのでしょう？」

「亭主から逃げたのだと同情していました。解き放たれて帰って来た庄蔵はお園が家を出て行ったことを知って、必死になって捜しまわっていたそうです。でも、お園の行方は摑めず、十日ほどして庄蔵も出て行ったということです。ただ、大家には挨拶をして行ったそうです」

「では、庄蔵さんが浅草阿部川町に引っ越したことは長屋のひとは知っていたんですか」

「知っていました。なんでも、田原町《たわらまち》でお園に似た女を見たという話をどこかで耳にしたそうです。それで、すぐ引っ越しを。浅草阿部川町に住んで、あの周辺を仕事で歩きまわってお園を見つけようとしたらしいと」

「なるほど」

庄蔵は棒手振りで歩きまわりながらお園を捜していたのだろう。

「そうそう、庄蔵が引っ越したあと、鏑木さんが長屋にやって来て、庄蔵の行先をきいていたそうです」

「鏑木さんは庄蔵さんが阿部川町に住んでいることを知っていたのですね」

栄次郎は確かめるようにきいた。

「ええ、知っていました」

新八は答えてから、

「お園の行方がわからないことが不思議でなりません。念のために、以前にお園が働いていたという料理屋にもききに行ったのですが」

「お園さんはひとりでしょうか」

栄次郎はふと疑問を持った。

「誰か手助けをしている者がいると？」

「ええ。お園さんは前々から逃げ出す準備をしていたように思えます。梅助さんといっしょに逃げるつもりだったとは思えません。そうだったら、梅助さんが殺された時点で計画が狂ったことになります」

「つまり、お園は庄蔵と梅助のふたりから逃げるつもりだったということですか」

「ええ。そうだとしたら、もうひとりの男の影が浮かぶのですが」

「お園は男といっしょに浅草方面にいると？」

新八は目を鈍く光らせた。

「ええ」

「もうひとりの男ですか」

新八は腕組みをして考え込んだ。

「庄蔵さんは、田原町でお園さんに似た女を見たという話を耳にしたということですが、誰から聞いたのでしょうか」

栄次郎はきいた。

「長屋の者は誰から聞いたか知りませんでした。その辺りのことを調べてみる必要がありそうですね」

「ええ。お園さんが見つかると、いろいろなことがわかってくるような気がします。引続き、お園さんの行方を捜してください」

「わかりました」

「それから」

栄次郎は話を変えた。

「和助親分が私たちといっしょにこの件に加わってくれることになりました」

そう言い、経緯を話した。

「和助親分はだいじょうぶなんですか。だって、自分の旦那に内証で動くことになるのでしょう」

新八は心配した。

「そこはうまくやると言ってました。和助親分なら心配ないでしょう」

栄次郎は言ってから、

「和助親分には梅助さんについて調べてもらっています。梅助さんの仲間から何か聞き出せるかもしれません」

「そうですね。仲間も梅助とお園のことを知っていたでしょうから」

そのとき、階段を上がって来る足音がした。

「栄次郎さん」

お秋の声がした。

「どうぞ」

障子が開いて、お秋が顔を出した。

「同心の鏑木さんがお見えです」

「鏑木さんが？」

栄次郎は新八と顔を見合わせてから、

「お通ししてください」

と、答えた。

「なんでしょうか」

新八が不審そうな顔をした。

「こっちの動きを気づかれたとは思えないのですが」

栄次郎も鏑木がやって来たことに戸惑っていた。

やがて、鼻が高く鋭い顔だちの鏑木がやって来た。

「これは新八も来ていたのか」

「ええ。特に用はないのですが」

新八は答え、

「鏑木さまは?」

と、きいた。

「近くまで来たので、寄りました」

鏑木は目の前に座って言う。

「その後、何かわかりましたか」

栄次郎はきいた。

「いや。派手に遊びはじめた男は何人かいましたが、皆違いました。事件に関係なく、急に金遣いが荒くなった者が何人もいたことに驚きました」

鏑木は新八にも目を配りながら言う。

「見通しはいかがですか」

「なかなか厳しいです。由蔵と勘助はばかではないということでしょう」

「ふたりは当麻の弥三郎が持っていた一千両をすでに手に入れていたが、これからその金を使いはじめるという見立てでしたね」

栄次郎が確かめる。

「ええ、自分たちは一千両を持っていないと思わせるために、闇夜の烏と名乗って、あのような脅迫状を送ってきたのです。しかし、こっちの予想と違い、用心深く使いだしたようです」

鏑木は顔をしかめて言う。

「三人の人命が奪われたあげく、闇夜の烏を取り押さえられなかったことに対する批判や抗議は奉行所に来ているのですか」

「思ったほど多くはありません。安心した次第です」

鏑木は言い、

「矢内どのと新八は、その後、いかがなさっているのですかな」

と、鋭い目を向けた。

「真相を突き止めたいという気持ちは強いのですが、何の手出しも出来ず、悶々としています」

栄次郎は答える。

「そうですか」

鏑木は微かに笑みを浮かべたが、

「霊岸島の和助という岡っ引きをご存じですか」

と、厳しい表情になってきいてきた。

「ええ、三人目の犠牲者である益三さんのことを調べていた親分さんですね」

栄次郎は答える。

「矢内どのはご存じなのですか」

「益三さんが殺された現場を見に行ったとき、たまたまその場にいらっしゃいましたので、お話をしました」

栄次郎は答えてから、

「和助親分がどうかなさいましたか」

と、きいた。

「こっちの縄張りに入り込んで、なにやら動きまわっているようなのです」

はっとして、

「動きまわるとは？」

と、栄次郎は鏑木の顔色を窺った。

「矢内どのはご存じではないので？」

鏑木は再び鋭い目で睨むように見た。

「いえ」

栄次郎はとぼけた。

「そうですか」

「和助親分が何を？」

「いえ、関係ないならいいのです。そろそろ、行かないと」

鏑木はいきなり腰を上げたが、

「そうそう、ついでに申し上げておきますが、和助には他人の縄張りに入ってよけいな真似をしないように、和助を抱えている同心に注意をするように頼んでおきました。今頃、和助は何か言われているでしょう」

「…………」

栄次郎は唖然とした。

「失礼いたす」

鏑木は勝手に部屋を出て行った。

「なにしに来たのでしょうか」

新八が不思議そうにきいた。

「どうやら、和助親分の動きが悟られたようですね。いや、我らの動きも知られたのかもしれません」

菊太郎と会っているところを誰かに見られたか。そうだとしたら、今日、栄次郎と和助が『丹波屋』に行ったことも鏑木は知っている。

「やはり、遠回しの脅しですか」

新八が顔を歪めた。

「我らへの牽制でしょう」

栄次郎は憤然と言い、

「このまま、調べを続けていくと、何か手を打ってきそうですね」

と、呟いた。

「どんな手を打ってくるのでしょうか」

「崎田さまを使って、私をおとなしくさせるか、あるいは真正面からくるか」

「真正面から、ですか」

「そうです。庄蔵さんとの因縁を正直に話した上で、縁がなくなっていたと、弁明するのでは……。だから、闇夜の烏に殺された男があの庄蔵さんだとはすぐに気づかなかったと」

栄次郎は困惑し、

「もし、そう出られたら、こっちは何の証もないので何も言い返せません」

と、ため息混じりに言う。

「栄次郎さん、いずれにしろ、あんな脅しには屈しませんよ。必ず、お園を見つけ出します。きっと何か手掛かりがあるはずです」

新八は鏑木に反発した。

「ただ、和助親分はもう身動き出来ないかもしれませんね」

「そうでしょうね。だったら、あっしが梅助の仲間を捜してみます。お園のことで、梅助から何か聞いているかもしれませんから」

かえって闘志を燃やして、新八は引き上げて行った。

ひとりになり、栄次郎は三味線の稽古をした。

部屋が暗くなって、お秋が行灯に灯を入れにやって来た。

さらに、窓の外が暗くなったとき、お秋がやって来て、

「和助親分がお見えです」

と、知らせた。

栄次郎は三味線を片づけ、すぐ階下に行った。

疲れた顔で、和助が立っていた。

「和助親分。さあ、上がってください」

栄次郎は促す。

「じゃあ、失礼します」

和助とともに二階の部屋に入った。

向かい合うなり、和助が頭を下げた。

「矢内さま。申し訳ありません。最前は、あんなに自信たっぷりに言いましたが、お手伝いすることが出来なくなりました」

「ええ。昼間、鏑木さんがやって来ました」

栄次郎は口にする。

「そうでしたか。どうも、あっしの動きが鏑木の旦那に筒抜けで」

「そのようですね。でも、どうしてわかってしまったんでしょうか」

栄次郎は疑問を口にした。

「うちの旦那だと思いたくないのですが」

和助は眉根を寄せて言う。

「そうなのですか」

「わかりません。ただ、うちの旦那に菊太郎のことを調べてもらったんです。菊太郎が鏑木の旦那に告げたとは思えませんし」

「ええ、今朝も菊太郎さんはいろいろ話してくれました。菊太郎さんではないでしょう」

栄次郎も否定する。

「だとすると、うちの旦那しかいないんです」

「鏑木さんと仲がいいのでしょうか」

「朋輩ですから仲は悪くないでしょうが、格別仲がいいとは思えません」

栄次郎はなぜ、自分が手札を与えている岡っ引きのことを鏑木に告げ口するのか、その同心の心持ちがわからなかった。

「いずれにしろ、もうお手伝い出来ません。せっかく、闇夜の烏の疑惑などすべてをお話ししてくださったのに……」

和助は改めて詫びた。

「和助親分、その話を同心の旦那には？」

「いえ、話していません」

和助ははっきり言う。

「鏑木さんがわざわざ和助親分のことを知らせに来たのは、私たちへの脅しだと感じました。つまり、鏑木さんは私たちの動きに気づいているようです」

「なぜ、気づいたのでしょうか」

和助は首を傾げてから、

「せっかく、梅助のことを調べるつもりでいたのに、残念です」

と、無念そうに言った。

「仕方ありません。かえって、誘い込んで、親分に迷惑をかけてしまったようで」

栄次郎は謝った。

「とんでもない。ただ、矢内さまのお役に立てないことが申し訳なくて」

和助は沈んだ声で言い、

「これからは新八さんとふたりだけで立ち向かわなくてはならないんですね」

と、やりきれないように言う。

「そうですね。でも、最初からふたりでしたから。ふたりでやるしかありません」

栄次郎は自分自身に言いきかせるように言った。

和助はしきりに探索から抜けることを詫びていたが、引き上げるとき、思い出したように、

「そうそう、梅助のことですが、梅助の亡骸《なきがら》を引き取った叔父は南八丁堀《みなみはっちょうぼり》一丁目にいるようです」

「どうしてそのことが？」

「さっきうちの旦那が教えてくれました。あっしの動きを封じることに負い目を持ってのことか、それとももう探索はしないと思って教えてくれたのかわかりませんが」

「叔父の名前はわかりますか」

「いえ、そこまでは教えてくれませんでした」

「手掛かりになります」

栄次郎は礼を言った。

「では、あっしは」

和助は名残惜しそうに引き上げて行った。

夕餉を馳走になって、五つ（午後八時）前に、栄次郎はお秋の家を出た。

武家屋敷地を抜け、寺の脇を過ぎると、新堀川に出た。

小橋を渡る。右に行けば阿部川町だ。庄蔵はそこに住んで、毎日天秤棒を担いで浅草周辺を歩きまわってお園を捜していたのだろう。

お園は事前に庄蔵から逃げることを計画していたのに違いない。だから、庄蔵が大番屋に留め置かれたときに逃げ出すことが出来たのだ。

おそらく、誰かを頼って逃げたはずだ。

下谷七軒町《したやしちけんちょう》に入ったとき、栄次郎はやはりつけられていると思った。お秋の家を出たときからつけて来たようだ。

栄次郎はわざと人けのない暗い通りに入り、急ぎ足になった。そして、寺の前に出たとき、急いで山門に飛び込んだ。

あわてたように浪人が駆け足でやって来た。山門前を行き過ぎようとしたとき、栄次郎は山門から出て、浪人に声をかけた。

「私に用ですか」

浪人が立ち止まって振り返った。いかつい顔の大柄な男だ。

「ずっとつけて来たようですが」

栄次郎は浪人に近付く。

「誰かから頼まれたのですか」

浪人は無言でいきなり抜き打ちに斬りかかって来た。栄次郎は横に跳んで剣先を避けた。浪人は返す刀で横一文字に栄次郎の胴を狙ってきた。

後ろに飛び退いて、相手の攻撃をかわした。

「無益なこと」

栄次郎は声をかける。

浪人はなおも上段から斬りつけようとした。栄次郎は居合腰になって刀の鯉口《こいぐち》を切った。と、突然、相手の動きが止まった。

動けなくなったようだ。そのまま斬り込んでいけば、栄次郎の剣が素早く胴に襲いかかると読んだようだ。

浪人は上段に構えたまま後退《あとずさ》った。そして、いきなり足の向きを変え、逃げて行った。

栄次郎は刀の柄《つか》から手を離した。

何者か。お秋の家を出たときからだから、矢内栄次郎と知ってのことだ。

まさか、鏑木が……。だが、すぐ否定した。鏑木がそこまでする理由がない。鏑木が庄蔵、政吉、益三の三人を殺したのだとしても、鏑木なりの正義からだ。

栄次郎を亡きものにしてまで秘密を守ろうとする理由はない。

だが、他に誰が。

もしや、旗本岩城主水介の息女若菜の許嫁《いいなずけ》……。若菜は親が決めた相手との話を断るために、他に好きな男がいると相手の男に告げたという。

相手の男は若菜を諦めるどころか、栄次郎に刺客を送って来たのだ。

今の浪人は新たな刺客か。しかし、若菜の相手は、そこまで執拗に栄次郎を狙うだろうか。

栄次郎はしっくりしない思いで本郷の屋敷に戻った。

四

翌朝、本郷の屋敷を出て、湯島の切通しを下ってから、栄次郎は明神下の新八のいる長屋に行った。

声をかけて、新八の家の腰高障子を開けた。

天窓からの明かりが届かない部屋で、新八がふとんに横たわっていた。

まだ寝ていたのかと思ったが、半身を起こした新八の顔に傷が見えた。

「新八さん、どうかしたのですか」

栄次郎は驚いて近付いた。

「昨夜、男が四人のごろつきに因縁をつけられているところに出くわしました。助けに入ったら四人があっしのほうに向かって来たんです。仕方なく、四人を懲らしめたら、なんということか、因縁をつけられていた男が背後から私を襲って来て」

「助けた男も仲間だったのですね」

「ええ。そうです」

「で、怪我は？」

「右足の太股を刺されました。たいしたことはないのですが、傷口が塞がるまで四、五日かかりそうで」

新八は悔しそうに言う。

「でも、それぐらいで済んでよかった」

栄次郎はほっとした。

「相手に心当たりは？」

「ありません」

「新八さんとわかって襲撃したのでしょうか」

「そうだと思います。芝居をしていたのですから」

「相手はどんな連中でしたか」

「かなり喧嘩慣れしているようでした。でも、あっしも四人に手傷を負わせていますから、その傷を頼りに連中を捜してみるつもりです」

新八は言い切った。

「でも、四、五日はじっとしていたほうがいいですよ」

「ええ。栄次郎さん、すみません、探索が中断してしまいます」

新八は詫びた。

「じつは昨夜、私も浪人に襲われました」

「なんですって」

新八が目を剝いた。

「お秋さんの家を出たときからあとをつけられていました。私と承知してのことです」

「同時に、あっしと栄次郎さんを襲うのは、まさか鏑木……」

新八はあとの言葉を呑んだ。

「私もそう思ったのですが、鏑木さんがそこまでやる理由がわからないのです。まあ、確かに闇夜の烏を隠れ蓑にして三人を殺したことを暴かれたくはないでしょうが、仮にそうなったとしても、鏑木さんは弁明出来ます。奉行所で裁けなかった悪人を処罰するという鏑木さんなりの正義という理屈があります。しかし、私や新八さんを殺そうとしたことは、ひと殺しに他なりません」

「そうですね」

新八は応じたが、

「しかし、あっしと栄次郎さんが同時に襲われたのは単なる偶然とは思えません」

「ええ」

栄次郎は困惑した。

「いずれにしろ、鏑木や房吉に注意をしたほうがよさそうですね」

新八はふたりを呼び捨てにした。

「ええ」

「ところで、栄次郎さん、あっしに何か用があったのでは？」

新八がきいた。

「ええ。昨夜、和助さんがやって来たのです」

栄次郎はそのときの話をした。

「で、そのとき、置き土産《みやげ》のように和助さんが梅助の叔父のことを話してくれたのです。梅助の亡骸を叔父が引き取ったそうです。この叔父にきけば、何か手掛かりが得られるかもしれません」

「そうでしたか」

新八はため息をつき、

「申し訳ありません。この脚では……」

「気にしないでください。私が叔父というひとを訪ねてみます」

「ふつかもあれば、無理すれば歩けるようになるかもしれません。そうしたら、あっしが叔父に……」

「新八さん、無理はいけません。しっかり、傷を治してから」

「すみません」

新八は心苦しそうに頭を下げた。

「食事など、だいじょうぶですか」

栄次郎は心配した。

「ええ、じつは、今つきあっている女が手伝いに来てくれると思いますので」

新八が照れたように言う。

「それなら安心です」

栄次郎は微笑んだ。

「では」

栄次郎は新八の長屋をあとにした。


それから半刻（一時間）後、栄次郎は南八丁堀一丁目で、梅助の叔父を捜した。

栄次郎が目をつけたのは棺桶屋だった。町の中ほどにあると木戸番屋できいて、そこに向かった。

広い土間で、職人が棺桶を作っていた。

「お訊ねします」

栄次郎は年嵩《としかさ》の職人に声をかけた。

「何か」

職人が顔を向けた。

「半年ほど前、芝口橋の近くで梅助という男が殺されたのですが、その梅助の亡骸を引き取った叔父がこの町にいると聞いたんです」

「ああ、竹蔵《たけぞう》さんだね」

職人はあっさり言った。

住まいを聞いて、栄次郎はそこに向かった。

町外れで、荒物屋をやっていた。

栄次郎は店先に立った。店番をしている四十半ばぐらいの男が顔を向けた。

「こちらに竹蔵さんはいらっしゃいますか」

「竹蔵は私ですが」

男が立ち上がった。

「矢内栄次郎と申します。じつは梅助さんのことでお話を」

「梅助はもういませんよ」

竹蔵は眉根を寄せた。

「ええ、承知しています。じつは梅助さんがつきあっていたというお園のことで」

「私にきいても無駄です。何も知りませんよ。梅助とはめったに顔を合わせたことがないんですから」

「たまには会っていたのですか」

「金を借りに来るときだけ」

竹蔵は暗い顔をした。

「梅助さんはどんなお方だったのですか」

「どんなお方もなにも」

竹蔵は顔をしかめ、

「遊び人だ。苦み走った顔なので女にもてたようだ。女を弄《もてあそ》んで楽しんでいるような男だった。亡くなった兄貴もこぼしていた」

と、吐き捨てた。

「でも、葬儀は竹蔵さんが出してやったそうですね」

「引き取り手がなければ可哀そうだからな。兄貴の手前もあるし」

「どうして亡くなったかご存じですよね」

栄次郎は確かめる。

「ええ、亭主のいる女に手を出して、亭主に殺されたそうですね」

「誰がそのことを?」

「房吉っていう岡っ引きです」

「そうですか」

「ろくな死に方をしないだろうと思ってましたが、案の定です。こんなに早く亡くなるとは思ってもいませんでしたが、あいつらしい最期ですよ。女の亭主に殺されるなんて」

竹蔵は嘲笑するように言った。

「お園という女とつきあっていたことは、ご存じなかったのですね」

「知りませんよ。金を借りに来たときだって、自分のことは何も喋りませんでしたから。梅助がどんな暮らしをしていたのかは、房吉親分から聞いただけです」

「そうですか」

栄次郎は落胆した。

竹蔵から何か大事な話が聞けるかもしれないと期待したのだが……。

「ちょっといいかしら」

女が入って来た。客だ。

「いらっしゃいまし」

竹蔵が応対した。

栄次郎は邪魔にならないように隅に寄った。

梅助と交流がないのだから、梅助と親しい者のことも知らないだろう。客が帰ったら、挨拶して引き上げようと思った。

「まいどありがとうございます」

竹蔵が客の女を見送った。

栄次郎は竹蔵に挨拶しようとして、ふと思いついて、

「梅助さんのお墓はどちらですか」

と、きいた。

「深川の長雲寺《ちょううんじ》だ。奴の親父の横に」

「梅助さんの墓をききにきたひとはいなかったですか」

お園が墓参りをしようとしたのではないかと思ったのだ。

「ひとりだけ来た」

「女ですね」

「いや、男だ」

「男？」

お園ではなかったと、栄次郎は落胆した。

「梅助の友だと言っていた」

「友ですか。名はわかりますか」

「なんとか言っていたな」

竹蔵は首をひねった。

「どんな感じの男でしたか」

「お侍さんは梅助の何を調べているんですね。もう死んでしまった人間ですぜ」

「竹蔵さんは、さっき梅助さんは女の亭主に殺されたと仰っていましたが、実際はまだ下手人はわかっていないんです」

「房吉親分ははっきりそう言っていたんだ」

「ええ、その後、無実が明らかになってお解き放ちになっているんです。ただ」

栄次郎は言いよどんだ。

「ただ、なんですね」

「その亭主が先日殺されました」

「………」

竹蔵は口を半開きにしたまま声を出せずにいた。

「下手人は捕まっていません」

「そんなことになっていたなんて」

竹蔵はやっと呟くように言った。

しばらく考え込んでいたが、

「平太《へいた》だ」

　と、突然口にした。

「平太？　梅助さんの友は平太というのですね」

「そうだ。梅助と同い年ぐらいだ。小肥りで、丸い顔をしていた」

　竹蔵は迷うことなく話した。

「どこに住んでいるかわかりませんか」

「それが聞いていない」

「平太さんと何か話はされたのですか」

「いろいろ言っていたな」

「いろいろとは？」

「梅助のことだ。平太という男は梅助といっしょに……」

　竹蔵の声が途中で止まった。

　栄次郎は訝って竹蔵の顔を見つめた。

「こんなことは言いたくはなかったが……。梅助は女を甘い言葉でたらし込んで、あげく女郎屋に売り飛ばすようなことをしていたようだ」

　と、ため息をついた。

「そんなことを……」

お園にもそんな魂胆で近付いたのか。

「平太が話してくれた」

竹蔵は苦い顔で言った。

「平太も同じようなことを？」

「いや、平太は飯倉神明宮《いいくらしんめいぐう》脇にある女郎屋で、客引きをしていると言っていた」

「客引き？」

「それで親しくなったと言っていた」

「女郎屋の名前はわかりますか」

「いや。そこまでは言ってなかった」

竹蔵は首を横に振った。

しかし、そうたくさんあるはずはないから一軒一軒当たれば見つけられそうだ。ただし、今もそこにいればだが……。

「梅助のやっていたことを考えれば女の亭主に殺されて当然だと思っていたが、亭主じゃなければいったい誰が……」

竹蔵は呟いた。

「お侍さん。もしほんとうの下手人がわかったら教えてもらえますか」

「わかりました。お知らせに上がります」

約束をして、栄次郎は梅助の叔父の店を出た。

それから、栄次郎は、三十間堀に出て紀伊國橋《きのくにばし》を渡り、東海道《とうかいどう》に出て芝に向かった。

芝口橋を渡ったとき、この辺りで梅助は殺されたことを思い出し、やがて露月町に差しかかったときは、庄蔵とお園が住んでいたことに思いを馳せた。

東海道を離れ、増上寺の大門《だいもん》のほうに曲がる。

大門の手前に、飯倉神明宮がある。神明門前町には書物問屋や扇問屋などが並んでいる。そして、神明宮の左手が岡場所だった。

明るい陽差しを受けて女郎屋は息をひそめるようにひっそりとしている。戸口も閉まっていた。

ふと中から若い男が出て来て、格子戸を雑巾《ぞうきん》で拭きはじめた。

栄次郎は近付いて声をかけた。

「すみません。ちょっとお伺いします」

男が振り返った。

「こちらに平太さんはいらっしゃいますか」

栄次郎はきいた。

「お侍さんは誰なんですね」

男が警戒するようにきいた。

「矢内栄次郎と申します。ひょっとして、平太さんですか」

栄次郎は驚いてきき返す。

「そうですが……」

「梅助さんをご存じですね」

「…………」

「平太さんのことは梅助さんの叔父の竹蔵さんから聞きました。梅助さんのことでお話をお聞きしたいのですが」

平太は辺りを見まわし、

「場所を変えましょう。一刻（二時間）後に、梅助の墓の前で」

と、怯えたように口にした。

「深川の長雲寺ですね」

「そうです。すみません、あとで」

「わかりました」

平太が何に怯えたのか不思議に思いながら、栄次郎は女郎屋をあとにした。

五

一刻（二時間）後、栄次郎は長雲寺の墓地に来ていた。

梅助の墓には墓標があるだけだ。空は雲が張り出してきて、風も冷たくなってきた。

栄次郎は会ったことがない梅助の墓に手を合わせた。

いまだに、下手人はわからないのだ。ほんとうに庄蔵が誰かを雇って殺したのか。

鏑木はそう考えているようだ。

（梅助さん、あなたはお園さんを岡場所に売り飛ばすつもりだったのですか）

栄次郎は墓標に問いかけた。

辺りは暗く翳ってきた。

なかなか、平太は現れなかった。約束を破ったとは思えない。何かあったのか。平太は何かに怯えていた。そのことが気になった。

それからさらに四半刻（三十分）経った。草木を踏む音がし、墓石の合間にひと影が見えた。

平太がやって来た。

「遅くなりました」

平太は頭を下げた。

「何かあったのですか」

「いえ」

平太は首を横に振り、梅助の墓標の前に立った。

平太は長い間手を合わせて、ようやく栄次郎に顔を向けた。

「梅助の何をききたいのですか」

平太が口を開いた。

「あなたは梅助さんとは親しかったのですね」

栄次郎は確かめる。

「そうですね。なぜか、馬が合いましたよ」

「梅助さんは女を甘い言葉でたらし込んで、女郎屋に売り飛ばすようなことをしていたというのはほんとうなのですか」

「ほんとうです」

平太はあっさり答える。

「庄蔵さんのおかみさんのお園さんをご存じですか」

「ええ」

「お園さんにも、梅助さんはその目的で近付いたのですか」

「いえ。違います。女郎屋に売り飛ばすのは独り身の女だけですよ。亭主のいる女にそんなことは出来ません」

平太は否定する。

「じゃあ、お園さんとは？」

「本気のようでした」

「本気？」

「ええ。こんな気持ちになったのははじめてだと、言ってました」

「お園さんのほうは？」

栄次郎は確かめる。

「あの女も最初は本気だったようです」

「最初は？」

栄次郎は聞きとがめた。

「うだつのあがらぬ亭主に愛想をつかしていたところに梅助が現れたのです。だから、その当時は梅助に夢中になったようですが、次第に梅助を避けるようになっていったようです」

「なぜでしょうか」

「梅助は、新しい男が出来たようだと言ってました」

「新しい男ですか」

栄次郎は呟く。

「梅助は言ってました。あの女は見かけと違うと」

「見かけと違う？」

「ええ、見かけはおとなしく控えめな女に見えるが、実際は鬼女なのかもしれないと」

「そんなことを言っていたのですか」

「ええ。梅助も褒められた人間ではありませんが、お園に出会ったことが不幸だったんですよ」

平太は顔を歪めて言った。

「梅助さんを殺した下手人は捕まっていませんね」

栄次郎は切り出す。

「ええ」

「あなたは誰がやったと思いますか。鏑木という同心は亭主の庄蔵さんに疑いを向けていたようですが」

「…………」

平太は何も言わず顔を墓標に向けた。

「亭主じゃありませんよ」

「では、誰だと？」

「新しい男じゃありませんか」

「新しい男とは誰なんですか。わかりますか。梅助さんから聞いていませんか」

墓標に向いたままの平太に問いかける。

「…………」

平太は無言のままだ。

「誰か、ご存じなのですね」

「証があるわけではありません」

「それを承知でおききします」

「いや、梅助の勘違いかもしれませんし」

平太は気弱そうに言う。

やはり、怯えたように身をすくめている。

いったい、平太は何を恐れているのだ。それほど恐れる相手とは誰なのか。

「平太さん、あなたは何かに怯えているように見えます。何を恐れているのですか。お園さんの新しい男のことを口に出すことがそんなに……」

そこまで言ったとき、栄次郎ははっとした。

平太がこれほど恐れているのは、よほどの相手だ。単に、お園の新しい男というだけではない。おそらく、平太はその男が梅助を殺したと思っているのだろう。

「あなたは、その男が梅助さんを殺したと思っているのですね」

栄次郎は確かめた。

「梅助はその男を恐れていたんだ」

平太は口にする。

「あなたも、ですね?」

「………」

平太は押し黙った。

「そうなんですね。あなたは、よけいなことを言うなと脅されたのですか」

「いや」

平太は首を横に振り、

「口では言わない。ただ、あっしの前に現れるだけだ」

「それだけでも、あなたには脅威が感じられるのですね」

「………」

平太から返事がない。

事実だからだ。

「ひょっとして、お園さんの新しい男というのは定町廻り同心の鏑木真一郎では?」

栄次郎は思い切って口にした。

平太の顔がぴくっとなった。

「そうなんですね」

栄次郎は愕然としてきいた。

「梅助が言っていただけだ」

平太は吐き出すように言った。

「お園さんの新しい男は同心の鏑木さんだと言っていたのですね。どうして、そう思ったのでしょうか」

「ある日、突然、目の前に鏑木という同心が現れ、お園から手を引くように迫られたことがあったそうです。それで、お園のあとをつけ、ふたりが忍び逢っているのを見たそうです」

平太は続ける。

「それから、梅助はいつも誰かに見張られているような気がすると言っていた」

「あなたは、梅助さんを殺したのも鏑木さんではないかと疑っているのですね」

「…………」

「そうなんですね」

「ええ。実際に手を下したのは房吉っていう岡っ引きに違いないと」

平太は深刻そうな顔で頷き、

「梅助が殺されたあと、房吉が何度もあっしのところにやって来て、梅助から何か聞いていないかとしつこくきいてきた。あっしは何も聞いていないと答えた。あとになっていい加減なことを言い出したら、どうなるかわかっているなと無気味に笑っていた。あれは、よけいなことを喋るなという脅しだ」

平太は声を震わせた。

「このことは誰にも言っていないのですね」

「言えば、今度はあっしが梅助のようになってしまいますから」

「今、お園さんは姿を晦ましています。背後に、鏑木という同心がいると思いますか」

「そうだと思います。お園は梅助から鏑木という同心に乗り換えたのです。梅助が言うように、あの女は見かけと違う」

平太は憤然と言い、

「梅助もさっさと見切りをつけておけば、こんなことにならなかったのに」

と、もう一度墓標に目をやった。

「よく話してくださいました」

栄次郎は礼を言い、

「あとは私に任せてください」

と、声をかけた。

寺の前で、平太と別れ、栄次郎は両国橋を渡り、浅草黒船町のお秋の家に戻った。

二階の部屋に落ち着き、改めて混乱していた頭を整理した。

お園の相手の男が鏑木だということは、あくまでも梅助が平太に語っていただけのことだ。してや、鏑木が房吉を使って梅助を殺したというのは平助の思い込みに過ぎないかもしれない。

しかし、その仮定がすべて妄想だとは言えない。

もし、それが事実なら、鏑木は庄蔵が無実なことを知っていて捕縛したことになる。なぜ、そんな真似をしたのか。

梅助殺しの疑いが自分に向かないようにするためだが、もうひとつ大きな意味があった。

お園を庄蔵から逃がすためだ。お園は庄蔵が大番屋に留め置かれている間に引っ越しをして行ったのだ。

そうなると、鏑木が庄蔵を殺す理由がなくなる。

鏑木は庄蔵を梅助殺しの下手人としてみていたが、奉行所で裁けないので、ひそかに処刑をしたと、栄次郎は考えていた。

その根底がひっくり返る。

では、庄蔵を殺したのは鏑木ではないのか。それとも、鏑木には別の理由で、庄蔵を殺さなければならないわけがあったのか。

鍵はお園だ。お園と鏑木の関係が明らかになれば新たな展開になる。

どうしたら、お園を見つけることが出来るか。

鏑木を尾行することだ。必ず、鏑木はお園のところに行くはずだ。

だが、新八が傷を負っていて今は動けない。回復する四、五日を待つか。それとも和助に……。

栄次郎は立ち上がった。


辺りは暗くなってきた。

栄次郎は霊岸島町の和助の家に辿り着いた。

「矢内さま」

和助は驚いた。

「お願いがあって参りました」

「どうぞ、お上がりを」

「すみません」

客間で、栄次郎は和助と向かい合った。

「今さらこんなことをお頼みするのは気が引けるのですが」

栄次郎は前置きを言い、梅助の叔父と会い、平太という梅助の友から聞いた話をすべて語った。

和助は驚いて聞いていた。

「まさか、梅助殺しの下手人が鏑木の旦那と房吉だとは」

「証があるわけではありません。鏑木さんがほんとうにお園さんをどこかに囲っているのか。そのことを確かめたいのです。じつは新八さんが」

何者かに襲撃されて脚を負傷したことを話し、

「それで、もう一度和助親分の手を借りられないかと」

と、栄次郎は頼んだ。

「わかりました。やってみましょう。ことは重大ですから」

和助は請け合ってくれた。

「さっそく、今夜から尾行をはじめます」

「お願いいたします」

栄次郎はようやく前途に明かりを見出していた。

第四章　牢屋敷にて

一

和助に鏑木の尾行を頼んでから三日経った。

元鳥越町の師匠の家から黒船町のお秋の家にやって来た。

二階の部屋で、三味線の稽古に入る。

事件のことであれこれ考えても、現状でははっきりしたことは言えない。まず、お園の居場所を確かめることだ。鏑木とお園の関係がはっきりするまでは、事件から離れることにしたのだ。

夢中で三味線を弾いていて、気がついたら行灯が仄かな明かりを照らしていた。いつ、お秋が灯を入れに来たのか覚えていなかった。

階段を上がって来る足音がした。

「栄次郎さん」

お秋の声がして、障子が開いた。

「新八さんがいらっしゃいました」

「えっ、新八さんが?」

お秋の背後から、新八が現れた。

「新八さん。歩いてだいじょうぶなんですか」

栄次郎は驚いてきいた。

「ええ、ゆっくり歩くなら。ただ、まだ走るのはちと」

そう言いながら部屋に入り、新八は栄次郎の向かいに腰を下ろした。

「でも、あと二、三日したら駆けられるようになりましょう」

新八は前向きに言い、

「まだ、和助さんからは何も?」

と、きいた。

新八には長屋に寄り、新たにわかったことを話し、和助が鏑木を尾行していると告げたのだ。

こんな怪我をしていなければ、自分の役目だったのにと、新八は悔しそうだった。

「まだです」

「尾行がうまくいってくれるといいのですが。万が一見つかったら、和助さんは言い訳出来ないでしょう」

「手札は取り上げられてしまうかもしれませんね」

今さらながら、和助を危険に追いやってしまったかもしれないと、栄次郎は後悔した。

「では、あっしはこれで」

「気をつけて」

階下まで、新八を見送って部屋に戻り、しばらくして、お秋が再びやって来た。

「和助親分がお見えです」

思わず、栄次郎は声を弾ませ、

「ここにお願いします」

と、お秋に頼んだ。

お秋が階下に行ってからすぐに和助がやって来た。

「矢内さま。とうとう今日、動きました」

開口一番、和助は言った。

「鏑木の旦那は奉行所から八丁堀の屋敷に帰り、すぐさま着物を着替え、編笠をかぶって出かけて行きました」

「身形《みなり》を変えて？」

「ええ。あっしはずっとあとをつけました。行先は入谷《いりや》でした。入谷の鬼子母神《きしもじん》の近くにある洒落《しやれ》た家に入って行きました。近所できいたら、若くきれいな女と住込みの婆さんが住んでいるとのことです。女の名はお園だそうです」

和助はさらに続けた。

「女が引っ越して来たのは半年ほど前。お園がいなくなった時期と一致します」

「庄蔵さんのおかみさんのお園さんとみて間違いないでしょうが、場合によっては露月町の長屋の住人に確かめてもらわねばならないかもしれません」

栄次郎は慎重を期して言った。

「どうしますか。これから入谷に行っても、まだ鏑木の旦那は女の家にいるはずです」

「いや。和助さん。ここまでで十分です。鏑木さんに目を向けていて、どこかから房吉親分が見ているかもしれませんから」

「それに、まだ、鏑木さんと対決するのは早いでしょう。お園さんを情婦にしたとしても、その件ではいくらでも言い逃れ出来てしまいます。梅助殺しについても、しらを切られたらそれ以上追及出来ません」

「では、これからどうするのですか」

「あとは、政吉と益三殺しですが……」

　栄次郎ははっと気がついた。

「そうか、益三殺しは和助親分は動けるじゃありませんか。自分の縄張りでのことですから」

「なるほど。闇夜の烏の仕業《しわざ》ということで探索を終えていましたが、益三殺しの下手人の探索を続けるというのはおかしなことではないですね。鏑木の旦那に気兼ねをする必要はないですね」

「そうです。親分には益三殺しを調べ直していただけますか。鏑木さんか房吉親分が手を下したという見方で探索すると、何か違ったものが見えてくるかもしれませんね」

「わかりました。これなら、うちの旦那に文句も言われません」

「しかし」

和助は不敵に笑った。

「私は明日、入谷の家を見て来ます」

「そうですか。じゃあ、場所ですが」

栄次郎は詳しい場所をきいた。

「では、何かわかったら、またお知らせに上がります」

和助は引き上げたが、和助がいる間に、崎田孫兵衛が来たようだった。

栄次郎は居間に行った。

長火鉢の前で、孫兵衛はくつろいでいた。

「崎田さま。顔色はよいようで」

栄次郎は言い、

「やはり、それほどの非難はなかったようですね」

と、声をかけた。

「ああ、安堵した」

孫兵衛は素直に応じた。

お秋が酒を運んで来た。

「栄次郎どのもどうだ?」

孫兵衛が勧める。

「では、いただきます」

お秋が孫兵衛に酌をしたあと、栄次郎に猪口《ちょこ》を持たせて酌をした。

三杯ほど呑んだあと、

「崎田さま、ちょっとお伺いしたいのですが」

と、声をかけた。

「なんだ？」

「同心の鏑木さんのことです」

「鏑木がどうかしたのか」

「いえ、いっしょに闇夜の鳥に立ち向かった仲ですので、どんなおひとか知っておきたくなって」

栄次郎は前置きを言い、

「ご妻女どのはいらっしゃるのですか」

と、きいた。

「もちろんだ。御徒衆《おかちしゅう》の娘御だと聞いている」

「お子さまは？」

「まだ、いない」

「おふたりの仲はいかがなのでしょうか」

孫兵衛は不審そうな顔を向け、

「なぜ、そんなことを気にする？」

と、きいた。

「いえ。深い意味はありません。ただ、町廻りですと、毎日が忙しく、おふたりで過ごすことも難しいと思いまして」

「そんなことで夫婦仲が悪くなることはない」

孫兵衛は妙に力説した。

自分が仕事と称して、お秋の家に通っているという後ろめたさからか。

「そうでしょうね」

栄次郎は素直に応じ、

「町廻りの同心は実入りはいいのですか」

と、別の質問に移った。

「実入り？」

孫兵衛がまたも不審そうな顔をしたので、

「岡っ引きの房吉親分なども、自分のお金で雇っているのですよね。かなりの出費ではないかと思いまして」

と、あわてて言った。

「付け届けがいろいろあるからな」

孫兵衛は口許を歪めた。

自分自身に重なることなので、不愉快なのかもしれない。

鏑木さんも崎田さまと同じように妾を囲う余裕はあるのでしょうかとは、ききたくてもきけるわけはなかった。

「崎田さま」

「なんだ？」

孫兵衛は不機嫌そうにきいてきた。まだ同じような質問が続くと思ったのだろう。

「鏑木さんは盛り場を中心に急に金遣いの荒くなった人物を調べているようですね」

「そうだ、闇夜の烏と名乗った由蔵と勘助はとうに一千両を手中に収めていたと考えているようだ」

話題が変わったので、孫兵衛は機嫌を直して答えた。

「崎田さまはどう思われますか」

「一千両のことか」

「はい」

「やはり、持っていたと思う」

「では、あの奉行所への脅迫は、まやかしだと?」

「そうだ。何を今さら」

孫兵衛はつまらなそうな顔をした。

「その後、何かわかったのでしょうか」

「いや、まだだ」

「由蔵と勘助が派手に金を使いはじめるとお思いですか」

栄次郎はきいた。

「わからんが、鏑木の言うように、そのことに賭けるしかない」

孫兵衛は強い口調になったが、

「もし、派手に金を使いはじめなければ、探索は行き詰まりになる」

と、急に弱々しくなった。

「南町では、闇夜の烏の探索はやはり鏑木さんが中心となっていたのですよね」

「そうだ。当麻の弥三郎を捕まえたのは鏑木だからな」

「鏑木さんの考えに異を唱える方はいらっしゃらないのですか」

「異を唱える？」

孫兵衛は不思議そうな顔をした。

「鏑木さんのやり方に疑問を持つとか、反対するとか」

「栄次郎どの」

孫兵衛は顔色を変えた。

「鏑木に対して何かあるのか」

「いえ、そういうわけではありません。ただ、闇夜の烏を取り逃がしたことで、鏑木さんを非難する方がいなかったのかと思いまして」

「それはない。止むを得ないと、みな納得していた。当麻の弥三郎を解き放つなど、どだい無理な要求だったからな」

孫兵衛は酒を呷《あお》った。

「鏑木さんは……」

「まだ、鏑木の話をするのか」

孫兵衛は吐き捨てた。

「すみません。最後にひとつだけ。鏑木さんの仲間うちの評判はどうなのでしょうか」

「どうなのかとは？」

「優しいとか、自分勝手だとか、いろいろ」

「思い込んだら他人の意見を聞かないところがある。また、自分の領分に他人が入り込んでくると、激しく文句を言う。そういったところがあって、周囲からはやりにくい男とみられているかもしれぬな。だが、同心としての力はみな認めている」

「わかりました。すみません、よけいなことをおききして」

栄次郎は詫びた。


翌朝、本郷の屋敷を出て湯島の切通しから上野山下を経て入谷に向かった。

五つ（午前八時）を過ぎた。鬼子母神の近くの洒落た家はすぐにわかった。

小さな門は閉まり、家はしんとしている。外泊出来ないだろうから、鏑木は昨夜のうちに帰ったはずだ。

家の前を行き過ぎたとき、門の開く音がして振り返った。

婆さんが出て来た。買い物に行くのか。栄次郎は迷った。お園という女に会ってみたい。おそらく、庄蔵のおかみさんだろうが、そのことを確かめたいのだ。

しばらくして、さっきの婆さんが戻って来た。

家に入って行ったあと、格子戸が開き、また誰かが出て来た。二十五、六の女だ。美しく着飾った姿は、長屋住まいの庄蔵のおかみさんという雰囲気ではない。

女は寺の前を過ぎ、やがて小野照崎神社《おのてるさきじんじゃ》の鳥居をくぐった。

栄次郎は鳥居の陰から様子を窺う。女は社殿に長い間手を合わせていた。

ようやく離れると、鳥居のほうに戻って来た。それから、家に戻った。

栄次郎はしばらく家の戸口が見える場所で佇んでいた。もう出て来る気配はない。引き上げようとしたとき、空駕籠《からかご》がやって来て、女の家の前に停まった。

駕籠かきが門を入り、格子戸を開けた。

女が出て来て、駕籠に乗り込んだ。

駕籠が動き出した。栄次郎はあとをつけた。

駕籠は上野山下から浅草方面に向かった。稲荷町に差しかかった。新堀川に近付いたとき、栄次郎はふと、この辺りで庄蔵が殺されたことを思い出した。

駕籠は何ごともなく進み、東本願寺《ひがしほんがんじ》前を過ぎて、田原町を抜けて雷門《かみなりもん》前を通り、吾妻橋《あづまばし》に向かった。

駕籠は橋を渡る。

本所に着いて、大川沿いを両国橋のほうに曲がった。

駕籠がやって来たのは横網町《よこあみちょう》だった。そして、有名な料理屋の前を過ぎ、ほどなく駕籠が停まった。普請中の家の前だ。骨組みは出来上がっている。

女は駕籠を降りた。駕籠は引き上げていく。

女は普請場に足を向けた。大工の棟梁らしい男が女のそばに寄って来た。棟梁は何度も頭を下げている。

どうやら、女は施主のようだ。

四半刻（三十分）足らずで、女は普請場をあとにした。

栄次郎は棟梁に近付いた。

「恐れ入ります」

栄次郎は普請中の建物を見て、

「立派なお家が出来るのですね。土間が広いところを見ると、何かのお店ですか」

と、きいた。

「呑み屋さんですよ」

「呑み屋？」

「ええ」

大工が呼びに来て、棟梁はいっしょに建物のほうに行った。

呑み屋にしたら、かなり大きな店になるようだ。元手は誰から……。あの女がお園だとしたら、鏑木が……。

付け届けがあるといっても一介の同心に女のためにこれだけのことをしてやれるゆとりがあるのか。

それとも、お園を囲っているのは別人か。いや、そんなはずはない。梅助が言うように、鏑木とお園は出来ていたのだ。

なぜ、鏑木はそんなに金があるのか。

栄次郎はさまざまな考えが渦巻いてきた。

二

栄次郎は横網町から竪川にかかる一ノ橋に向かった。その近くにある巳之助の呑み屋の前に立った。

栄次郎は戸を開けて、土間に入った。

「巳之助さん」

栄次郎は奥に呼びかけた。

五十近い白髪の目立つ巳之助が出て来た。

「おや、これは矢内さんじゃないか」

巳之助は目尻を下げた。

「先日はありがとうございました。それで、また立花さまにお会いしたいのです。呼んでいただけませんか」

「何かわかったのかえ」

巳之助が顔を覗き込むようにしてきいた。

「気になることがありまして」

「わかった。すぐ使いを出してやる。きょうやって来るかわからないが、やって来るにしても夕方だ」

「はい、その頃に出直します」

栄次郎はいったん黒船町のお秋の家に行き、夕方になって巳之助の店に戻った。

栄次郎が顔を出すと、

「来ていなさる」

と、巳之助が言った。

「そうですか」

栄次郎は狭い階段を上がって二階に行った。

「失礼します」

障子を開けると、三十五、六の大柄な立花重吾が若い侍と酒を呑んでいた。火盗改の同心のようだ。

「すみません、お呼びたてして」

部屋に入って、栄次郎は詫びた。

「なあに、おかげで酒が呑める」

立花は徳利を手に豪快に笑った。

「さっそくですが」

栄次郎は切り出す。

「当麻の弥三郎の手下の由蔵と勘助のことは、立花さまも何もわかっていなかったのですよね」

「そうだ。弥三郎一味は五人だということはわかっていたが、ふたりについては調べがついていなかった」

立花は手酌で酒を注いだ。

「なぜ、でしょうか」

「当麻の弥三郎は最初は三人で盗みを働いていたのだ。二年ぐらい前から数百両が盗まれる被害がときたま起きていた。一度商家の奉公人が夜中に三人の賊が庭にいるのを見ていた。顔はわからないが、体付きを覚えていた。それで、裏社会の連中に聞き込んで、錠前破りの名人だという当麻の弥三郎という男が浮かび上がったのだ」

立花は続ける。

「ところが半年前から千両箱ごと持ち出されるようになった。そのときからふたりが盗みに加わったのだろう」

「ふたりが一味に加わったのが半年前ということですか」

栄次郎は確かめる。

「いや、ふたりは盗みに入る商家を物色する役目だったのではないか。盗みに入るのは三人だけだった。だが、半年前からふたりも盗みに加わったのだ。このふたりは裏社会でも知られていなかった。だから、名前もわからなかった」

「ふたりは二年ぐらい前に、弥三郎の手下になったのですね」

「そうだ。それまでは堅気だったに違いない」

「ふたりが仲間に加わっても、数百両を盗んでいただけなのに、いきなり狙いが千両箱になったのですね」

「そうだ」

「なぜ、急に……」

栄次郎はあっと気づいた。

「半年前から千両箱を盗むようになったのは、もしや、弥三郎の体の具合が悪くなったからでは？」

「稼げるうちに稼ごうとしたか。そうかもしれぬな」

立花が呟くように言う。

体が動くうちに金を稼いでおこうと思ったのだ。錠前破りは弥三郎しか出来なかったからだ。

「いずれにしろ、ふたりについては何もわかっていなかった。それより、南町はふたりが由蔵と勘助だとよくわかったものだと思う」

「どうしてですか。ふたりが由蔵と勘助という名だとわかったのは当麻の弥三郎が自供したからでは？」

「弥三郎が手下の名を口にするだろうか」

立花は猪口を持ったまま言う。

っていた」

「当麻の弥三郎を知る盗人が、何があっても仲間を売るような真似はしない男だと言っていた」

「口にしないと？」

酒を呷ってから、

「正直言って腑に落ちないのだ」

と、立花は顔をしかめた。

ふたりが由蔵と勘助という名だと栄次郎に言ったのは鏑木だ。鏑木は弥三郎からほんとうにきいたのか。弥三郎の自供から名前がわかったと崎田孫兵衛から聞いてはいるが……。

「弥三郎が嘘を教えたのでしょうか」

「そうよな」

「あるいは、弥三郎の情婦から聞いたのを、弥三郎が自供したと……」

栄次郎は何か引っ掛かった。

弥三郎の情婦に会ってみたい。栄次郎はそう思った。

立花重吾と別れ、栄次郎はまっすぐ本郷の屋敷に帰った。

その夜、兄が帰って来たのは五つ（午後八時）過ぎだった。

栄次郎は兄が着替えをすませた頃に、部屋を訪れた。

「兄上、よろしいですか」

「入れ」

栄次郎は部屋に入った。

兄と向かい合って、

「お願いがあるのですが」

と、栄次郎は切り出した。

「ずいぶん厳しい顔だな。よほどのことか」

兄はきいた。

「どうしても、小伝馬町の女牢に入っている当麻の弥三郎の情婦に会いたいのです」

「女囚に？」

兄は驚いた顔をした。

「はい」

牢屋敷の頭《かしら》である牢屋奉行は代々石出帯刀《いしでたてわき》を名乗っており、奉行所の支配下にある。

崎田孫兵衛からお奉行に頼んでも、お奉行が許すかどうか。許されたとしても、鏑木の耳に入るかもしれない。まだ、鏑木に知られたくなかった。

「お目付さまを介して老中から南町奉行にお願いを」

「……………」

「先日はお目付さまの頼みを聞き入れて、旗本岩城主水介さまのご息女との縁組の話に乗りました。その見返りといってはなんですが」

栄次郎は今まで大御所の子であることを隠してきた。自分はあくまで御家人の矢内家の次男だと。だが、周囲はそうは見なかった。若菜に言われたように、どこまでいっても大御所の子であるのだ。

だったら、それをうまく利用してもいいのではないかと、栄次郎は思うようになった。

今が、そうだ。

「わかった。話しておこう」

兄は栄次郎の覚悟を察したように言った。

「闇夜の烏のことで、何かわかったのか」

「はい。私の想像が当たっているとしたら、とんでもない事態に。情婦が何と答えるかに掛かっています」

栄次郎は悲壮な覚悟で言った。

翌朝、本郷の屋敷を出て、明神下の新八の長屋に寄った。

新八は起きて、部屋の掃除をしていた。

「足はいかがですか」

栄次郎はきいた。

「もう、問題はありません」

「それはよかった」

栄次郎は上がり框《かまち》に腰を下ろし、

「お園さんが見つかりました」

栄次郎は切り出した。

「やはり、鏑木と？」

新八がきいた。

「そうです。お園さんは入谷に住んでいました。鬼子母神の近くの洒落た家です。ところが、本所の横網町に家を建てています」

「家を？」

「呑み屋だそうです。おそらく金を出しているのは鏑木さんだと思いますが、その辺りのことを調べていただけませんか」

「わかりました。動けなかったぶんの埋め合わせをします。さっそく」

新八は意気込んで立ち上がった。

栄次郎は新八の長屋をあとにして、浅草黒船町のお秋の家に行った。


夕方、お秋の家に新八がやって来た。

新八は部屋に入るなり、

「横網町の普請場に行ってきました。近所の者にきいたら、お園という女が施主だと言うだけで、新しい話は聞けなかったのですが、普請場に誰が現れたと思いますか」

と、きいた。

「鏑木さん、いや、房吉親分では?」

「そのとおりです。房吉がやって来て、棟梁と話していました」

新八は続ける。

「それで、房吉が引き上げたあと、棟梁に近付き、今房吉親分がやって来ていましたが、鏑木の旦那は見えますかと、きいてみたんです。そしたら、たまに顔を出すと。

なんでも、鏑木の旦那は施主の後見人だと言ってました」

「もう、間違いありませんね。お金を出しているのは鏑木さんです」

栄次郎は言い切った。

「どこに、そんな金があるんですかえ」

新八が首を傾げる。

「弥三郎の情婦から話を聞けば、はっきりします」

情婦と会う算段を付けていると話した。

「そうですか」

新八はにんまりした。

お秋がやって来た。

「和助さんがいらっしゃいました」

お秋が言うと、背後から和助が現れた。

和助は新八に挨拶をしてから、

「長屋の住人が、益三を深川の門前仲町《もんぜんなかちょう》で何度か見かけたことがあると言っていました。それで、櫓下《やぐらした》などの女郎屋をきいてまわったんですが、益三が現れた形跡はありませんでした。引続き、よく捜してみます」

と、告げた。

「待ってください。確か、政吉さんの長屋の者が『平清』という料理屋から出て来る政吉さんを見たことがあると言ってました。念のために、『平清』で確かめていただけますか」

「『平清』は高級な料理屋ですね」

和助は訝《いぶか》しげにきいた。

「ええ」

「わかりました。調べてみます」

和助が言う。

新八と和助が引き上げたあと、栄次郎は崎田孫兵衛を待った。

四半刻（三十分）後に孫兵衛がやって来た。

栄次郎は居間に行った。

孫兵衛は長火鉢の前でくつろいでいた。

「崎田さま」

栄次郎は声をかける。

「なんだ、また鏑木のことか」

孫兵衛は苦笑する。

「いえ。今、奉行所は闇夜の烏についてどのような対応をとられているのですか」

栄次郎は確かめる。

「闇夜の烏が脅迫状を送ってきたときの大がかりな態勢はもうとっていない。鏑木が中心となって細々と探索を続けている。それがどうした?」

「どうして、進展がないのでしょう?」

栄次郎はあえて言う。

「残念ながら、相手が上ということだ」

「悪のほうが上だと認めていいのですか」

栄次郎は反論した。

「そうではないが……。なんの手掛かりも摑めないのは事実だ」

孫兵衛は渋い顔で言った。

「そなた」

孫兵衛は不審げな顔をし、

「そなた、先日からいやに突っかかるような言い方をしているが、何かあったのか」

と、問い詰めるようにきいた。

「そう受け止められたのなら謝ります。私たちは、もちろん崎田さまも闇夜の烏の件を上辺《うわべ》だけしか見ていなかったのではと」

「上辺だけ？」

孫兵衛は不快そうに顔を歪め、

「何を根拠にそのようなことを言うのだ？」

と、強い口調になった。

「崎田さま。まだお話し出来る状況にありません。申し訳ありません」

いきなり真実を突き付けるより、あらかじめ何かあるようだと思っていてもらいたいので、栄次郎はいろいろなことを孫兵衛に言ったのだ。

それは覚悟というものだ。

「まさか、そなたは探索を続けていたのでは……」

孫兵衛は呆れたようにきいた。

「そうです。まだ、お話は出来ませんが、いろいろわかってきました。ただ、崎田さま。このことは鏑木さんに内密に願います」

「なぜだ？」

「勝手に探索を続けていたことを知れば、鏑木さんは面白くないでしょうから」

「なぜ、鏑木と協力をしないのだ？」

孫兵衛は不満そうに言う。

「考え方が違いました。協力は出来ないと考えたので、独自に」

「無茶だ」

孫兵衛は吐き捨てた。

「あと、この件で越権行為を働きます。そのこともお許しを」

「なんだ、越権行為とは？」

「まだ、お話し出来ません。どうか、あしからず、お願いいたします」

栄次郎は申し訳なさそうに言った。

孫兵衛は大きくため息をついた。

「なにか、しっくりせんな」

孫兵衛は顔を歪めた。

「はっきりしたら、真っ先に崎田さまにお知らせいたします」

「そうしてもらおう」

孫兵衛は憤然と言い、

「酒だ」

と、不機嫌そうにお秋に言った。

お秋の家を引き上げるとき、土間までお秋が追って来て、

「栄次郎さん、少し変よ。なんだか、旦那を責めているみたいに聞こえたわ」

と、注意をした。

「すみません。でも、仕方ないんです。真実を知る前に、少し地ならしをしておいたほうがいいと思いまして」

「真実って？」

お秋が大きな目をいっそう見開き、

「何か、旦那に影響があるってこと？」

と、きいた。

「おそらく」

「まあ」

「そのときは、私は崎田さまのお力になります。しばらく、静かに見守ってくださ い」

栄次郎はお秋に笑みを見せた。

「では」

栄次郎は土間を出て、本郷に引き上げた。

屋敷に着くと、兄はすでに帰っており、栄次郎を部屋に呼んだ。

「話がついた」

「ほんとうですか」

「うむ。明日の昼下りに牢屋奉行の石出帯刀どのを訪ねるようにとのことだ」

「明日の昼下りですね」

栄次郎は勇躍して復唱した。

「それにしても早かったですね」

「お目付もすぐに動いてくれた。老中の動きも早かった。今さらながらに、栄次郎の素姓の大きさに……」

兄は複雑な顔をした。

「兄上。私はいままで自分の出生をだしにしようなどとは思っていませんでした。私は矢内家の部屋住《へやずみ》だと思っていても、他人はそうは見ません。だったら、その権威を私欲ではなく正義のために」

「栄次郎。そなたの気持ちはわかっている。ただ、その威光に驚いたのだ」

兄は正直に口にした。

「申し訳ありません」

「謝ることはない」

兄は言ったあと、

「で、弥三郎の情婦に会って何か得られるのか」

と、きいた。

「はい。弥三郎の手下で逃げ果せた由蔵と勘助の秘密がわかるかもしれません。それによって、闇夜の烏の真相が明らかになりましょう」

栄次郎は逸《おお》る気持ちを抑えて言った。

「わかった。うまくいくように祈っている」

「ありがとうございます」

栄次郎は兄に礼を言い、自分の部屋に戻った。

三

翌日の昼下り、栄次郎は小伝馬町の牢屋敷に赴いた。

牢屋敷の前には手拭い、塵紙、食べ物などの差入屋が軒を並べている。

牢屋敷の高い塀には忍返《しのびがえ》しがついていて、周囲は堀で、表門には石橋がかかっていた。

栄次郎は石橋を渡り、門番に声をかける。

「矢内栄次郎と申します。石出帯刀さまにお目にかかりたいのですが」

「少々、お待ちを」

門番は言い、門を入った右手にある牢屋同心長屋に向かった。

待つほどなく、鋭い顔付きの同心がやって来た。上席の鍵役《かぎやく》同心だと名乗り、

「どうぞ、こちらに」

と、案内に立った。

内塀に沿って行くと、入口の脇に張番所があり、牢屋同心が詰めていた。

そこを入る。正面には横に広い建屋に、大牢、二間牢、女牢、揚がり屋などの牢が

並んでいた。

栄次郎は当番所に通された。牢屋同心が迎え入れた。

「この座敷でお待ちください。すぐに連れて来ます」

「お手数をおかけいたします」

栄次郎は頭を下げる。

やがて、同心に続き、下男に縄尻をとられて二十七、八ぐらいの女がやって来た。女はお仕着せの衣類ではなく、自分の着物を着ていた。髪は後ろに長く垂らしている。

栄次郎は女を座敷に上げようとしたが、囚人を上げるわけにはいかなかった。女は土間に敷いた莚《むしろ》の上に座らされた。

栄次郎は土間に下り、自分も莚に腰を下ろした。

「あなたは、当麻の弥三郎と親しくしていた……」

「お侍さん、気兼ねしないでいいのよ。当麻の弥三郎の情婦のおつやよ」

「おつやさんですか」

「ええ」

「私は矢内栄次郎と申します。当麻の弥三郎についてお訊ねしたいのです」

栄次郎は切り出す。

「もう、何もお話をするようなことはありませんけど。私が知っていることはあらいざらい話しました」

おつやはしっかりした声で答える。

「弥三郎の手下のことで教えていただきたいのです」

「なんでしょう」

おつやは素直に応じた。

「まず、捕縛されたときのことをお伺いしたいのですが」

「…………」

おつやは不思議そうな顔をした。

「隠れ家を急襲されることを察知した弥三郎は手下ふたりと火盗改から逃れ、あなたの家に駆け込んだのですね」

栄次郎は確かめる。

「そうです」

「その後、同心と岡っ引きが押し入って来たんですね。弥三郎とあなたは捕まった。だが、手下ふたりは逃げた」

「弥三郎さんは体がしんどく、歯向かう力もなかったんです。ですから、あっさり」

「弥三郎は病が進んでいたのですね」

「そうです。もう逃げる力もなくなっていたので。最後の盗みを終え、あとはゆっくり養生しようということになって……」

「あなたは逃げようとしなかったのですか」

「弥三郎さんを置いて自分だけ逃げることは出来ませんでした」

おつやはしんみり言う。

「あなたと弥三郎を捕まえたのは誰ですか」

「房吉という岡っ引きです」

「すると、そのとき、同心はいなかったのですか」

「逃げたふたりを追っていたのでしょう。でも、そのうち戻って来て、ふたりに逃げられたと言ってました」

「そのふたりですが、名前はなんと言うのですか」

「………」

おつやは押し黙った。

「どうしたのですか」

「ふたりはまだ逃げているのですね」

「だとしたら？」

「名前は教えられません」

「逃げ果せてもらいたいと思っているのですね」

「そうです」

「盗んだ金はあなたの家に置いてなかったのですか」

「別の場所に隠してあったんじゃないですか」

「その場所を、あなたは知っているんですか」

「知りません。弥三郎さんはそういうことは私に教えてくれませんでしたから」

「逃げたふたりは？」

「知っていたと思います。ですから、今頃は、その金で堅気になって商売でもはじめているんじゃないでしょうか」

「おつやさん」

栄次郎はおつやの顔をじっと見つめ、

「あなたは島送りになったとしても、そんなに長い期間ではないでしょう。恩赦があれば、さらに早く江戸に戻れるかもしれない」

と、口にした。

おつやは表情を変えない。

「江戸に戻ったら、あなたはそのふたりを頼るつもりではありませんか。だから、ふたりのことを黙っている」

「………」

「そうなんですね」

「違いますよ」

「そうですか」

栄次郎は間を置いて、

「もう一度、お訊ねします。ふたりの名を教えていただけませんか」

「言うつもりはありません」

おつやははっきり言った。

「そうですか。では、ふたりは同じ根付を持っていませんでしたか」

「根付？」

おつやは細い眉を寄せた。

「どうなんですか」

「覚えていません」

おつやは不機嫌そうに言う。

「由蔵と勘助という名に心当たりはありますか」

「お白洲で、吟味与力の旦那がそんな名を口にしていましたけど、私は知りません」

「ふたりは由蔵と勘助という名ではないということですね」

「さあ、どうでしょうか」

おつやはとぼけた。

「まわりくどくきいてきましたが、はっきりお訊ねします。逃げたふたりは政吉と益三ではないですか」

「えっ」

おつやは顔色を変えた。

「そうなんですね」

「政吉と益三がどうしたのですか」

「殺されました」

「嘘」

おつやが叫んだ。

「ほんとうです。益三は髑髏《どくろ》の根付を持っていました。おそらく、政吉も同じものを持っていたのでしょう」

「殺された……」

おつやは悄然と呟き、

「誰に殺されたのですか」

と、つっかかるようにきいた。

「やはり、逃げたふたりは政吉と益三なのですね」

「………」

「どうなのですか」

「そうです。政吉と益三です」

おつやは声を震わせた。

「やはり、そうでしたか」

「誰に殺されたのですか」

「あなたはご存じないでしょうが、ひと月ばかり前、闇夜の烏と名乗る者から、当麻の弥三郎を解き放てという脅迫状が奉行所に届きました。聞き入れられなければ、ひとを殺していくと」

栄次郎はおつやの表情を窺いながら、

「最初は、逃げたふたりが弥三郎を助けようとして仕掛けたものだと思っていました。でも、そうではなかった。ふたりとも、その犠牲に」

「………」

「たまたま、そのふたりが犠牲になったとは考えられません。最初から、ふたりを殺す狙いがあったのに違いありません」

おつやはあんぐりと口を開けた。

「いったい、誰が……」

「これから調べますが、一千両を狙ってのことでしょう」

「じゃあ、お金は全部奪われて……」

おつやは憤然となった。

「残念ながら」

「酷い」

おつやは突っ伏した。

「あなたが、最初から政吉と益三の名を出してくれていたら、また違った結果になったかもしれません」

栄次郎は言い、

「でも、これで下手人の手掛かりが摑めました」

と、おつやに声をかけた。

「お金がなければなんにもなりません」

おつやは顔を上げて言う。

「盗んだ金でやり直そうなんていう考えはいけません。お金がなくてもやり直せます」

おつやはうなだれていた。

栄次郎は立ち上がった。

「終わりました」

牢屋同心に声をかける。

おつやは引き立てられて行った。

栄次郎は鍵役同心に、

「おつやは仲間が殺され、隠し金の一千両が奪われたことを知り、かなり気落ちしています。放免になったときに当てにしていた仲間だったのです。念のために、ばかな真似をしないか、見張ってください」

と、頼んだ。

「わかりました」

栄次郎は牢屋敷をあとにした。

栄次郎は浅草黒船町のお秋の家に戻ると、和助が待っていた。

二階の部屋に入るなり、和助が切り出した。

「益三らしき男も『平清』に出入りしていました。益吉《ますきち》と名乗っていて、そこで政次《まさじ》という男と会っていたことがわかりました。政次は政吉のことだと思います」

和助はさらに続けた。

「女中の話では、ふたりとも同じ髑髏の根付を持っていたそうです。益三を殺した下手人が根付を持って行ったのは、政吉の根付と同じものだと気づかれたくなかったからじゃありませんか」

「おそらく、そうでしょう」

栄次郎は厳しい顔で答え、

「当麻の弥三郎の情婦から話を聞いてきました」

と、口にした。

「逃げたふたりは由蔵と勘助という名ではなく、益三と政吉だということでした」

「益三と政吉は当麻の弥三郎の手下だったのですか」

和助は険しい顔で、

「いったい、どういうことでしょうか。なぜ、益三と政吉は殺されたのでしょうか」

と、迫るようにきいた。

「由々しき事態になりました」

栄次郎はやりきれないように言う。

「やはり、鏑木の旦那と房吉が絡んでいるのですか」

「明日、鏑木さんの言い分をきいてみます。もしかしたら、私の解釈が違っていて、鏑木さんに疑いを向けていただけかもしれませんので」

「矢内さま。念のために、益三が殺された日に霊岸島で房吉を見た人間がいないか、改めて探してみました。すると、房吉を見たという人間が見つかりました」

「そのひとは房吉親分の顔を知っていたのですか」

「ええ、一度、房吉に窃盗の疑いで自身番に連れて行かれたことがあったそうです。だから、顔はこびりついていたと言ってました」

「しかし、房吉親分はそのことを追及しても、しらを切るでしょう。その人間が勘違いしているのだと」

「証《あかし》がないのは苦しいですね。これじゃ、追及できないことになりますね」

「事実を積み重ねていって、相手を追い込んでいくしかありません。明日、鏑木さんと対峙してみます」

栄次郎はもはや鏑木と直接対決するしかないと決意した。

「和助親分。お願いがあります」

「なんでしょう」

「これから、鏑木さんのところに使いに行ってもらえませんか」

「使いですか」

和助は少し戸惑ったようだが、

「わかりました。よございます」

と、請け合った。

「こうお伝えください。明日の四つ（午前十時）、本所の横網町の普請場にて矢内栄次郎が待っていると」

「横網町の普請場ですかえ」

「ええ、それで鏑木さんにはわかるはずです」

「そうですか。今からですと、八丁堀の屋敷に行ったほうがいいかもしれませんね。なあに、屋敷はうちの旦那にききます」

そう言い、和助は立ち上がった。

栄次郎は階下まで和助を見送った。

お秋が近付いて来て、

「今日も旦那がお見えになるわ」

と、教えた。

「そうですか」

今は会いたくないと思い、栄次郎はいつもより早く、お秋の家を出た。そして、明神下の新八の長屋に寄って、あることを頼み、本郷の屋敷に帰った。

四

落ち葉が舞って、足元に落ちた。陽差しはあるが、大川からの風は冷たく目に映る風景は寒々としている。

栄次郎は四つ（午前十時）前に、本所横網町の普請場にやって来た。

屋根に三人の大工が乗っていた。だいぶ、普請は進んでいるようだ。

背後に足音がして、栄次郎は振り返った。

巻羽織に着流しの鏑木が近付いて来た。鼻が高く鋭い顔だちはいっそう厳しくなっている。

「矢内どの。こんなところに呼び出して、なんの真似か」

鏑木は妙に押し殺した声を出した。

「いくつかわかったことがありましたので、鏑木さんにお伝えしておいたほうがいいかと思いまして」

栄次郎は静かに切り出す。

「なんのことだ?」

「闇夜の烏についてです」

「もう終わったことだ。今さら伝えてもらうことはない」

鏑木は突き放すように言う。

「じつは、お伝えすると同時に、鏑木さんにお話ししてもらわないとわからないこともありまして」

栄次郎は鏑木の顔をまっすぐ見つめ、

「昨日、小伝馬町の牢屋敷に行き、当麻の弥三郎の情婦であるおつやに会って来ました」

「なんだと」

鏑木は目を剝いた。

「逃げたふたりの手下についてききました。由蔵と勘助という名ではなかったようです。ふたりが由蔵と勘助だと言ったのは鏑木さんですが、誰から聞いたのですか」

「決まっている。当麻の弥三郎だ」

「弥三郎は手下のことをべらべら喋るような男ではないと、火盗改の与力どのが仰っていました」

「捕まって観念したのだ」

「弥三郎は最後まで手下をかばっていたのではありませんか」

栄次郎は鋭く言う。

「捕まえた当初はそう言ったのだ」

「ふたりの手下の名は政吉と益三です」

「嘘だ」

「いえ。おつやも認めました」

「……………」

大工たちが作業をやめた。休憩のようだ。

栄次郎は大工から目を戻し、

「どこかで聞き覚えのある名ではありませんか」

と、きいた。

鏑木は無言だった。

栄次郎は鏑木を追い込むように、

「闇夜の烏に殺された三人のうちのふたりです」

と、言い放った。

「偶然に同じ名だったのだ」

鏑木は苦し紛れに言う。

「ひとりならともかく、ふたりともというのは偶然とは考えにくいのでは？」

「あり得ないことではない」

「ふたりとも髑髏の根付を持っていたようです。益三さんを殺した下手人は根付を奪って行きました。これは、政吉さんと同じものだと気づかれる恐れから奪って行ったのでしょう。それから」

栄次郎は息継ぎをし、

「深川門前仲町にある『平清』という高級料理屋で、ふたりはときたま会っていたようです」

と、付け加えた。

「政吉さんも益三さんも金回りはよかったようです。小間物の行商と鋳掛屋。そんなに儲かるのでしょうか」

「商売熱心だったのだろう」

鏑木は苦しげに言う。

「益三さんの葬式が終わった次の日、鏑木さんと房吉親分は益三さんの部屋の床下を見ていたそうですね。あれは何をしていたのですか」

栄次郎は畳みかけるようにきいた。

「たいしたことではない。床下に小銭を貯めていないか調べたのだ」

「そうでしょうか。益三さんは羽振りがよかったのです。床下に何十両という金があると睨んだからではないですか。鋳掛屋で、そんなに貯め込んでいる。そこから、益三さんに不審を持たれては拙《まず》いと思い、まとまった金を隠した。そういうことではありませんか」

「ばかな」

「鏑木さんと房吉親分は政吉さんの長屋にも行っていますね。そこでも床下から金を」

「いい加減なことを言うな」

　鏑木は大声を出した。

「こうしてみると、鏑木さんは政吉さんと益三さんが当麻の弥三郎の手下だということを知っていたようですね」

「ばかばかしい」

　鏑木は頰を震わせて、

「出鱈目《でたらめ》な話につきあっているほどの暇人ではない。失礼する」

　鏑木は踵を返した。

「お待ちを」

　栄次郎は呼び止める。

「話はこれからです」

「…………」

　鏑木は立ち止まったが、顔を向けようとしない。

「闇夜の烏に最初に殺された庄蔵さんは、半年前に鏑木さんに捕まったことがあったそうですね」

鏑木はまだ振り向こうとしない。

休憩が終わり、大工たちはそれぞれ持ち場に戻った。

「なぜ、そのことを話してくれなかったのですか」

ようやく鏑木は振り向いた。

「半年も前のことだ。まさか、あのときの男だとは気づかなかったのだ」

「庄蔵さんのおかみさんのお園さんは、今どこにお住まいかご存じですか」

「知るわけがない」

「横網町の普請場というだけで、どうしてここだとわかったのですか」

「他に普請場はない」

「ここに普請場があることをご存じだったのですか」

「そなたが、普請場と指定したから、どこかにあるのだろうと思ってのことだ」

鏑木は必死に言い訳をする。

「この普請中の家はお園さんが施主のようですが」

「…………」

「お園さんは今、入谷に住んでいます。ときたま、編笠をかぶった武士が訪れている
そうです」

鏑木の右頰が微《かす》かに痙攣した。

「お園さんは亭主がある身ながら、梅助という男といい仲になりました。その梅助さんが殺され、疑いが庄蔵さんにかかった。庄蔵さんを捕まえたのが鏑木さんです」

鏑木は何か言おうとしたが、声にならなかった。

「しかし、庄蔵さんは梅助さんが殺された頃、別の場所にいたことが明らかになって疑いが晴れました。しかし、庄蔵さんが大番屋に一晩留め置かれている間に、お園さんは長屋から消えました」

栄次郎は鏑木を追い詰めるように続ける。

「梅助さんの友の話では、お園さんには別に男がいたということです。鏑木さん、あなたではありませんか」

「何を言うか」

鏑木はうろたえた。

「あなたは庄蔵さんと梅助さんがもめているところに出くわした。そして、お園さんを知った。あなたはお園さんに惹かれていったのではありませんか。お園さんもその

気になった。ふたりはたちまち深い関係になった。そうと察した梅助さんはお園さんをなじり、奉行所に訴えてやると……」

「くだらん妄想はやめろ。何を証に」

鏑木は怒りから声が震えた。

「梅助さんを殺したのが庄蔵さんでないとしたら誰でしょうか」

「いいかげんにしろ」

「そろそろお見えになるはずです」

栄次郎は言う。

「どういうことだ?」

ようやく、駕籠がやって来た。

駕籠が下ろされて、女が出て来た。

鏑木は目を見開いて、女を見つめた。お園だ。

「旦那」

お園は鏑木に小走りで近付いた。

「きさま」

鏑木は栄次郎を睨みつけた。

お園は不審そうな顔で鏑木と栄次郎を交互に見た。

「お園さんですね」

栄次郎は声をかける。

「ええ」

「なぜ、ここに？」

「旦那がここで待っているからと」

お園は答えた。

鏑木は無言で栄次郎を睨み付けていた。

「お園さんは鏑木さんをご存じですね」

栄次郎は確かめる。

「同心の旦那です」

何か異変を察したように、お園は態度を変えた。

「ここには旦那が待っているから来たと仰いましたが、鏑木さんに会いに来たのですか」

「…………」

「どうなんですか」

「矢内どの。無礼であろう」

鏑木が声を荒らげた。

「なぜ、関係ない者を巻き込むのだ」

「お園さん、この普請中の家の施主はあなたですか」

栄次郎はお園にきいた。

「やめるんだ」

鏑木が怒鳴った。

「鏑木さん。もう正直にお話をしてくださいませんか。闇夜の烏はあなたの工作だったことはわかっているのです」

「なんのことだ」

「火盗改に追われて当麻の弥三郎と政吉さんと益三さんは情婦のおつやの家に逃げ込んだ。あなたはそれを確かめ、房吉親分といっしょに踏み込んだ。そのとき、何があったんですか」

「…………」

鏑木の顔は青ざめてきた。

「これは想像です。政吉さんと益三さんが見逃してくれれば金を半分渡すと持ち掛けてきた。あるいはあなたから、ふたりに金の在り処を言えば見逃すと話したか」

普請場では作業が続いている。

「鏑木さんには金がいる理由があった。お園さんです」

栄次郎はお園に目をやった。

「あなたは、呑み屋をはじめたいと鏑木さんに頼んだのではないですか。そのことがあるので、鏑木さんは一千両に目が眩んだ。違いますか」

「………」

「最初は、政吉さんと益三さんと半々の約束。それだと取り分は五百両。しかし、あなたは一千両が欲しくなった。あるいは、政吉さんと益三さんで五百両だとひとり二百五十両。不満を持ったふたりは分け前をもっと要求するようになった。聞き入れてくれなければ、奉行所に訴えると脅した……」

鏑木は茫然と突っ立っている。

「いずれにしろ、あなたは政吉さんと益三さんを亡きものにして一千両を独り占めしようとし、闇夜の烏の企みを思いつき、房吉親分とともに実行に移したのです」

栄次郎は息継ぎをし、

「最初に庄蔵さんを殺したのは、ふたりだけ殺すより、三人のほうが狙いが隠せると思ったからでしょう。それに、政吉さんを殺したら、益三さんが不審を持つかもしれませんから」

栄次郎は間を置き、

「鏑木さん、違うところがあったら違うと仰ってください」

と、声をかけた。

「すべて違う。出鱈目だ」

鏑木は吐き捨てるように叫んだ。

「では、ひとつひとつ訂正してください」

栄次郎は詰め寄る。

「まず、情婦のおつやさんの家に踏み込んだときのことからです」

「ふたりはほんとうに逃げ出したのだ」

「おつやさんの話では、弥三郎は逃げて来た疲れと病からほとんど歯向かえない状態だったそうです。このふたりを捕まえたのは房吉親分で、鏑木さんは政吉さんと益三さんを相手にしたはずです。鏑木さんがふたりとも逃がしてしまったとは思えません」

栄次郎は息継ぎをし、

「ついでに言えば、最初に火盗改が隠れ家を急襲したとき、その直前に弥三郎と政吉さん、益三さんが逃げ出しています。このことにも、私は不審を抱いています。つまり、直前に、火盗改が急襲することを、あなたが政吉さんか益三さんに知らせたのではないかと。だから、逃げることが出来たのです。そして、そのあとを鏑木さんはつけた……」

「………」

鏑木は口を開きかけたが、すぐ閉ざした。

「鏑木さんは情婦のおつやさんの家に踏み込み、政吉さんと益三さんと密約を交わしました。このふたりの探索の妨害をするために、わざと由蔵と勘助という名前を口にしたのです」

栄次郎は間をとり、

「鏑木さん。どうか、もう観念してください」

と、問いかける。

「闇夜の烏からの脅迫状も鏑木さんが書いたのではありませんか。自分で脅迫状を書き、自分で返事を認《したた》め、脅迫状どおり、ひとを殺す。すべて、自分だけで演じていたのです。実際に手を下したのは房吉親分でしょう。あなたの命令で」

「そうですね」

「なかなか観念しませんね。まだ、何か言い逃れ出来ると思っているのでしょうか」

新八が近寄って来た。

お園は頷き、ふたりでその場を離れた。

鏑木はお園のそばに行き、何か声をかけた。

と、応じた。

「わかりました。では、明日の朝四つ、ここに」

栄次郎は少し戸惑ったが、

鏑木が口にした。

改めてここで会おう」

「これから、逐一答えていきたいところだが、私はこのあと約束がある。明日の朝、

「どう違うと言うのでしょう」

はそなたが想像したとおりだ。しかし、あとはすべて違う」

「そなたの妄想を聞かせてもらったが、呆れてものも言えなかった。確かに、お園と

鏑木が含み笑いをして、

「矢内どの」

それから、ふたりは両国橋を渡った。
蔵前で新八と別れ、栄次郎は浅草黒船町のお秋の家に向かった。
二階の部屋で、三味線を弾いていたが、部屋の中が暗くなってきた。
ふと、栄次郎は鏑木が一日延ばしたことを考えた。言い訳を考えようとしているのか。
この期に及んでも、何か言い逃れ出来ると思っているのか。
胸がざわついた。
立ち上がって窓辺に寄る。
陽が落ちて、空も薄暗くなっていた。
鏑木が言い逃れ出来るとすれば……。
まさか、と栄次郎は思わず叫んだ。
すぐに刀を持って部屋を出た。
階下に行くと、お秋が出て来て、
「もうお帰りに？」
と、きいた。

「急用を思い出しました」

「そう」

「今夜は崎田さまは？」

「見えないわ。明日よ」

「そうですか、では、行ってきます」

栄次郎はお秋の家をあとにした。

ここから芝まで一刻（二時間）はかかる。栄次郎は急いだ。

木挽町に差しかかったときに暮六つ（午後六時）の鐘が聞こえてきた。

芝口橋を渡り、芝口町を通過して露月町の自身番に顔を出した。庄蔵が住んでいた長屋があった辺りだ。

そこの自身番で房吉親分の住まいをきいた。芝口町一丁目だという。

栄次郎は来た道を戻った。二階建ての長屋に住んでいるらしい。房吉のかみさんは音曲の師匠だという。

住まいはすぐにわかった。

栄次郎は格子戸を開けて、奥に声をかけた。

すぐに、二十七、八歳のうりざね顔の女が出て来た。

「こちら、房吉親分のお宅でしょうか」

「ええ」

「矢内栄次郎と申します。房吉親分、いらっしゃいますか」

「ちょっと前に出かけましたよ」

女は言う。

「どちらに行ったかわかりますか」

「大門で浪人が暴れていると、若い男が駆け込んで来たんです。それで、急いで出て行きましたよ」

女は気だるそうに言った。

「大門ですね」

栄次郎は土間を飛び出した。

五

栄次郎は増上寺の表門である大門の前にやって来た。

房吉の姿はなく、静かだった。参拝の者が大門をくぐって行く。近くに料理屋があって、門の前に駕籠が停まっていて、駕籠かきは莨を吸っていた。

栄次郎は駕籠かきに近付いた。

「ちょっとお訊ねします。いつからここにいらっしゃるのですか」

「だいぶ経ちますよ。呼ばれてやって来たが、まだ客は出て来ねえ」

駕籠かきの後棒の男は苦笑した。

「では、岡っ引きの房吉親分を見ませんでしたか。大門に向かったと思うのですが」

「ああ、それらしき男を見た」

後棒の男はあっさり答えた。

「大門からどこに向かったかわかりませんか」

「見てませんね」

「そういえば」

先棒の男が思い出したように、

「岡っ引きらしき男のあとを編笠の浪人がつけて行ったようだったが」

と、首をひねった。

「編笠の浪人?」

「つけて行ったと思ったのは、勘違いかもしれねえが」

「ふたりは戻っては来なかったのですね」

「来なかった」

栄次郎は礼を言い、その場を離れた。

編笠の浪人。鏑木が入谷のお園の家に向かったときと同じ格好だ。

栄次郎は大門をくぐった。

広い境内に入る。が、夜でもそこそこひとがいる。栄次郎は脇門から境内を出た。

前方は武家地だ。左手の切通しを上がって行けば神谷町《かみやちょう》のほうに向かう。

人けのない場所、切通しだと直感し、栄次郎はそこに急いだ。

途中、前方からやって来た職人体の男に声をかけた。

「編笠の浪人と岡っ引きらしい男とすれ違いませんでしたか」

「ええ、すれ違いました。すぐ、そこです」

礼を言い、栄次郎はすぐに駆けだした。

人けのない暗がりに、黒い影がふたつ浮かび上がっていた。が、ひとつの影が抜き打ちにもうひとつの影に斬りつけた。

「旦那、何をするんだ」

悲鳴とともに声が聞こえた。

栄次郎は走った。

「すまないが、罪をかぶって死んでもらうしかないのだ」

「きたねえ」

「覚悟」

編笠の浪人が刀を振りかざした。

「待て」

栄次郎は叫んで駆け寄った。

編笠の侍ははっとしたように刀を下ろし、栄次郎に体を向けた。

「鏑木さん。そこまでするのですか」

栄次郎は叱りつけた。

「きさま、なぜここに?」

鏑木は憤然ときいた。

「もしやと思い、駆けつけたのです」

栄次郎は言い放ち、

「房吉親分、傷は?」

と、きいた。

「浅手です」

房吉は答える。

「よくきけ。すべてはこの男がやったのだ。梅助も庄蔵も、それから政吉と益三も房吉の仕業だ」

「旦那、みんなあんたの命令だ。俺が逆らえないのをいいことに利用しやがって」

房吉が斬られた肩を押さえながら言う。

「ふざけるな。俺は関係ない。おまえが一存でやったことだ」

「鏑木さん、どこまであなたは卑怯なのだ」

栄次郎は怒りが湧いてきた。

「お天道様はすべてお見通しだ。もう言い逃れは出来ない」

「おのれ」

鏑木が上段から斬り込んで来た。

栄次郎は抜刀して相手の剣を弾いた。鏑木は鬼の形相でなおも斬りつけて来た。栄次郎は相手の剣をまた弾く。激しく斬り結んでいたが、栄次郎は防ぐだけで攻撃はしなかった。鏑木を斬ってはならない。

鏑木の攻撃が止んだ。少し離れ、正眼に構え、

「なぜ、斬りつけて来ない？」

と、きいてきた。

「鏑木さんは真相を明らかにする務めがあります。私はその務めを果たさせたいのです。罪を償うためにも」

「余計なお世話だ」

鏑木は吐き捨てる。

「旦那」

房吉が肩を押さえたまま立ち上がり、

「だから、お園って女は危ないって言ったんだ。あの女は男を狂わす何かがある。深入りするのはよしたほうがいいって」

と、蔑《さげす》むように言った。

「俺はお園に溺れたわけではない」

鏑木の声は弱々しかった。

「鏑木さん。どうか罪の償いを」

「今さら、何も出来ぬ」

「同心が残虐な罪を犯したとなれば、奉行所に衝撃が走りましょう。鏑木さんの上役の与力に留まらず、筆頭与力の崎田孫兵衛さまにも累《るい》は及びましょう。いや、お奉行の責任が問われるかもしれません。あなたのやったことで、どれほど多くの方々が苦境に追いやられるか」

栄次郎はさらに言う。

「それに、妻女どののことを考えたことはありますか」

「………」

鏑木はどこか悲しげな表情になった。

「奉行所の被害を最小限に食い止めるためにはあなたが何ごとも包み隠さず真実を語り、素直に刑に服することです。どうか、武士らしく、堂々と裁きを受けてくださ い」

鏑木はくずおれるように地べたに膝をついた。

「房吉親分」

栄次郎は房吉に目をやり、

「親分もいくら鏑木さんの命令とはいえ、四人の命を奪った罪は大きい」

と、激しく責めた。

「以前にひとを殺《あや》めたのを見逃してもらった。そのことを持ちだされて……」

「言い訳にもなりません。親分とて、一千両のおこぼれにあずかるつもりだったはずです」

「…………」

「親分も素直に裁きを受けていただきたい」

「へえ」

房吉はうなだれた。

提灯《ちょうちん》の明かりが近付いて来た。商家の旦那と手代ふうの男が立ち止まった。ただならぬ雰囲気を察したようだった。

「すみません。自身番に行き、ここに来るように伝えていただけませんか」

栄次郎は頼んだ。

「わかりました」

旦那が応じ、手代ふうの男が駆けて行った。

やがて、町役人が駆けつけた。

翌日の朝、栄次郎は入谷のお園の家に行った。

格子戸を開けて呼びかけると、お園が強張った表情で出て来た。

「昨夜、鏑木さんは大番屋に連行されました」

栄次郎が言うと、お園は覚悟を固めていたのか、黙って頷いた。

「いずれ、あなたにも奉行所から呼出しがあり、事情をきかれるでしょう」

「…………」

「あなたは、鏑木さんといつから深い関係になったのですか」

「梅助さんといっしょにいるとき、鏑木の旦那が現れ、梅助の正体を知らされました。それから、何度も会うようになって……」

「そこで、梅助さんから鏑木さんに乗り換えた?」

「乗り換えたわけではありません。鏑木の旦那に惹かれて……」

お園の目が微かに泳いだ。

鏑木とつきあったほうが得だと考えてのことに違いない。

「梅助さんを殺したのは誰か、あなたはご存じだったのですか」

「庄蔵だと」

「あなたのご亭主ですね」

「はい」

「梅助さんを殺したのは庄蔵さんだと、鏑木さんが言ったのですね」

「そうです」

「庄蔵さんの場合は？」

「闇夜の烏の犠牲になったと」

「それを信じたのですか」

「もちろんです」

「鏑木さんが闇夜の烏の張本人だとは知らなかったのですね」

「知りません」

お園は強い口調になった。

「だって、奉行所の同心ですよ」

「確かに、そんなことは想像も出来ませんよね。ところで、横網町に普請中の家はあなたの要望だったのですか」

「私の面倒を見てくれるというので、お店をやりたいという望みを伝えました」

「あなたの望みを叶えてやろうとして、鏑木さんは盗人が隠していた金を奪おうという気になったのかもしれません」

「そんなこと、私に関係ありません」

お園は冷たく言う。

「鏑木さんはあなたのために危険を冒したのです」

「私のせいにされるなんて、いい迷惑です。こんなことになるなら、あんな男について行くんじゃなかった」

お園は口許を歪めた。

「この家に、一千両が隠してあるのではありませんか」

「ありません」

お園はうろたえているのがわかった。

「そのお金もあなたのために奪おうとしたのではないですか」

「旦那が何をしていたか、私は知りませんよ」

「鏑木さんがこんなことになって、あなたは何も感じないのですか」

栄次郎は呆れたようにきく。

「だって、そのために私もこんな目に」

お園は不安そうに、

「横網町の家はどうなるのですか。あれは私のものでしょう？」

と、縋るようにきいた。

「いえ、盗んだ金で普請したものなら、おそらく没収されるでしょう」

「そんな」

お園は愕然としたようになって、

「なんとかしてくださいな。私のものになるように」

と、喚いた。

こんな女のために、鏑木は一生を棒に振ることになったのかと思うと、やりきれなかった。

「あなたに関わった庄蔵さんや梅助さん、そして鏑木さんは不幸に見舞われました。そのことをどう思いますか」

「私のほうが不幸です。情けない男ばかりで」

お園は醜く顔を歪めた。

栄次郎は呆れた。

「では、私はこれで」

栄次郎は引き上げた。

鬼子母神の近くで、同心と岡っ引きとすれ違った。振り返ると、お園の家に向かっていた。

その日の夕方、お秋の家で栄次郎が新八と会っているところに和助がやって来た。

「矢内さま。うちの旦那から聞きました。鏑木の旦那と房吉が捕まったそうで。それから、入谷のお園の家から一千両が見つかったとか」

和助が切り出した。

「そうですか。お金がありましたか」

栄次郎はお金を没収されるときのお園の狼狽ぶりを想像した。

「まさか、闇夜の烏が鏑木の旦那と房吉が作り上げたものだったとは」

和助は驚いたように言い、

「現役の定町廻り同心の犯罪ということで、世間は大騒ぎをするでしょうね。明日の瓦版はたいへんなことに」

と、口にした。

「鏑木さんと房吉親分が潔《いさぎよ》く取り調べに応じてくれることを祈るだけです。素直に裁きを……」

栄次郎は言った。それで、世間の批判が和らぐことはないだろうが、見苦しくない態度で罪を受け入れてもらいたいと思った。

「和助親分にもいろいろ手助けをしていただきました」

「とんでもない。それより、矢内さまは奉行所の人間でもないのに、闇夜の烏に最後まで立ち向かっていかれた。あっしは敬服いたします」

和助は栄次郎を讃えて引き上げて行った。


数日後の夜、栄次郎はお秋の家で、崎田孫兵衛と会った。

「鏑木さんは、素直に取り調べに応じているのですか」

「うむ。自ら進んで話してくれるので、取り調べは捗《はかど》っている。ふつう、べらべら喋るのは真偽を疑ってかからねばならないが、鏑木はすべて真実を話している」

「そうですか」

栄次郎は安堵した。

「それにしても、栄次郎どのはよくぞ闇夜の烏の裏を見抜いてくれた。そなたがいなければ、とんでもないことになっていた」

「でも、奉行所の同心がこんな事件を引き起こしたことが明るみになり、奉行所にとっても厄介なことに」

「確かに、同心がこれほどの事件を引き起こしたことで奉行所はかつてないほどの苦境に立たされた。わしにも責任が及ぶだろう。しかし、真実を明らかに出来たことは喜ばしいことではある。この局面に真摯に向き合うことが奉行所の信頼回復につながるであろう。かえって、今は奉行所全体はひとつにまとまろうとしている」

孫兵衛は力強く言った。

その翌日だった。二階の部屋で三味線の稽古をしていると、お秋がやって来た。

「栄次郎さん。若菜さまのお使いの方が」

お秋は不機嫌そうに言う。

「若菜さま？」

栄次郎は立ち上がって、階下に行った。

若い女が土間に立っていた。

いつぞやもやって来た女中だった。

「矢内さま。若菜さまからのお言づけです。明日の朝、小石川《こいしかわ》にある暁雲寺《ぎょううんじ》でお会い出来ないかと」

「わかりました。お伺いしますとお伝えください」

栄次郎は答えた。

久しぶりに若菜と会えると思うと、無意識のうちに頬が緩《ゆる》んでいたようだ。

「そんなにやけた栄次郎さんの顔を見るのははじめてだわ」

お秋が嫉妬混じりに言った。

「いえ、そういうわけでは……」

「そういうわけではとは?」

お秋は妙に絡んできた。

しかし、面倒から解放されたせいか、若菜と会うことに心が弾んでいるのは事実だった。

その後、栄次郎はお秋の機嫌を取り結ぶのに苦労をしなければならなかった。

時代小説
二見時代小説文庫

闇夜《やみよ》の烏《からす》 栄次郎《えいじろう》江戸暦《えどごよみ》 30

二〇二四年 二 月二十五日 初版発行

著者 小杉健治《こすぎけんじ》

発行所 株式会社 二見書房
〒一〇一-八四〇五
東京都千代田区神田三崎町二-一八-一一
電話 〇三-三五一五-二三一一［営業］
〇三-三五一五-二三一三［編集］
振替 〇〇一七〇-四-二六三九

印刷 株式会社 堀内印刷所
製本 株式会社 村上製本所

落丁・乱丁本はお取り替えいたします。定価は、カバーに表示してあります。

ISBN978-4-576-23157-0
https://www.futami.co.jp/